경극(京劇)이란 어떤 연극인가?

김학주 著

明文堂

책머리에

1992년 우리 학계의 중국희곡 연구를 증진시키기 위하여 여러 동학들과 함께 중국희곡연구회를 조직하고 함께 중국희곡 연구 발전의 길을 의논하게 되었다. 동학들이 자주 모여 얘기를 하는 중에 여러 번 한국 사람들이 중국의 경극에 대하여 너무 모르고 무관심하다는 문제가 화제로 떠올랐다. 특히 우리는 중국에서도 이름난 난징의 강소곤극단(江蘇崑劇團)과 베이징의 매란방경극단(梅蘭芳京劇團)의 내한 공연 때 그들의 공연활동을 도와주면서 한국 사람들이 중국 희곡에 대하여 너무나 냉담하다는 것을 절실히 알게 되었다.

그때마다 늘 우리는 연구보다도 먼저 우리나라에 중국 희곡에 대한 이해의 길잡이가 될 경극을 소개하는 책을 내야 된다고 입을 모았다. 그리고 여러 번 그 책의 공동 저술을 논의하기도 하였다. 그러나 실은 중국희곡에 관심을 지닌 우리 자신이 중국 연극에 대하여 잘 모르고 있고 실제로 구경한 작품이 별로 없다는 것이 무엇보다도 큰 문제였다.

경극은 중국의 13억 인구의 상류층으로부터 하류층에 이르는 온 민족이 함께 즐기는 이 세계에서 가장 위대한 대중예술이다. 그리고 중국 각지의 민간에는 모두 300 수십 종류의 희곡이 유행하고 있으니 중국은 명실 공히 연극의 나라라고 부를만하다. 중국은 우리와는 떼려야 뗄 수가 없는 밀접한 관계의 대국인데 우리는 그들에 대하여 너무 모르고 있다. 그들의 연극을 알지 못하고는 그들의 문화를 이해할 수 없고 그들과 가까워질 수가 없다. 가장 가까운 큰 나라 중국을 제대로 알지 못하고 그들과의 관계가 소원하다는 것은 바로 우리의 불행이 되기도 한다.

우리 중국희곡연구회는 우선 중국 각지의 연극을 직접 가서 구경하고 또 여러 가지 희곡문물을 탐사하기 위하여 1993년부터 중국 여러 지방의 희곡 연예를 찾아 나서기 시작하였다. 제1차는 베이징─샨시(山西)─시안(西安)으로 이어지는 여정, 제2차는 상하이─난징─쓰촨(四川)─후난(湖南)으로 이어지는 여정, 제3차는 1996년 산둥(山東) 한 성의 지방희와 곡예의 답사였다. 이 탐사여행을 통하여 많은 종류의 지방희와 곡예를 구경하였으나 그것은 전국 지방희의 극히 적은 일부분에 불과한 것이다. 그 성과를 적어놓은 책이 『중국의 전통연극과 희곡문물·민간연예를 찾아서』(2007. 4. 명문당 간)이다. 이러

한 여행의 조직에는 무척 많은 노력과 시간이 들고 시종 무척 신경이 쓰였다. 때문에 더 이상 경극을 소개하는 책 편집의 공동 작업을 추진하지 못하였다.

그 뒤 나는 1999년 정년퇴직을 하여 어느 정도 시간여유가 생겼다. 이에 옛날에 하려다가 이루지 못한 일에도 손을 댈 수가 있게 된 것이다. 곧 이 책은 20여 년 전에 여러 동학들과 공동으로 쓰려다가 이루지 못한 것을 이제 홀로 이루어 본 것이다. 이 책은 경극을 우리나라 사람들에게 소개하는 것이 목적이지만 특히 다음 사항에 역점을 두었다. 먼저 〈2. 경극은 언제 이루어져 어떻게 발전하였나?〉에서는 경극이 이루어진 과정을 설명하는 한 편, 독자들에게 중국이란 나라는 연극의 나라임을 알려주는 한 편, 청나라에서 중화민국에 이르는 시대에 중국 사람들이 얼마나 연극에 빠져 있었는가 누구나가 알게 되기 바라면서 글을 썼다. 〈3. 경극의 배우 및 특징〉으로부터 경극의 〈4. 음악과 악기〉·〈5. 극장과 무대〉·〈6. 각본〉·〈7. 배우와 극단〉이 경극을 소개하는 이 책의 중심을 이루는 부분이다. 끝으로 〈8. 중화인민공화국과 경극〉에서는 이전의 경극에 미치다시피 빠져있던 것과는 달리 현대 중국에서는 경극을 어떻게 대하고 있는가, 그리고 그것이 그들의 사회주의 혁명 추진에 얼마나 중요한 자기네 전통연예로써 받아들여지고 있는가 하는 문제에 중점을 두었다.

이 책에는 글로 쓴 설명보다도 그와 관련된 사진이나 그림이 더 효과적일 것이라는 생각이 있었다. 그러나 필자는 평소에도 사진에 별로 관심을 갖고 있지 않아서 갑자기 좋은 사진을 골라보려고 애썼으나 뜻대로 되지 않았다. 적절한 사진과 그림의 선택이나 그 인쇄가 불만스런 곳이 적지 않다. 다시 보충할 기회가 오기를 바랄 따름이다.

나 스스로가 아직도 경극이나 중국 전통연희에 대하여 잘 알지 못하는 부분이 많다. 어찌 보면 자기네 전통연예 연구를 전문으로 하는 중국학자들 스스로도 경극의 여러 가지 정식이나 그 미학적인 특징에 대하여 확신이 없는 것도 같다. 아직도 부족한 점이 많을 것을 자인하고 있다. 다만 이 책을 통하여 더욱 많은 사람들이 경극을 좀 더 가까이 하게 되고 중국을 올바로 이해하게 되기를 간절히 빈다.

이 자리를 빌려 어려운 우리나라 출판계 사정에도 불구하고 동양고전 출판에 몰두하고 계신 명문당 김동구 사장에게 경의를 표한다.

2008년 12월 15일

김 학 주 인헌서실에서

목차

1

경극은 어떤 연극인가?

1. 경극은 어떤 연극인가?

경극은 지금도 중국 각지에서 공연되고 있는 여러 가지 중국의 전통연극 중에서도 가장 대표적인 것 중의 하나이다. 경극이란 베이징(北京)을 중심으로 발전한 연극이어서 붙여진 이름인데, 경희(京戲)라고도 부르고 한 때 평희(平戲) 또는 국극(國劇)[1]이라고도 불렀다. 서양 사람들은 흔히 이를 Chinese Opera라고 부른다. 배우들은 화려한 비단 옷을 입고 요란한 치장을 하고 시끄러운 악기 반주에 맞추어 창을 하며 춤을 추기도 하고 요란한 타악기 반주에 맞추어 무대 위에서 땅재주 넘기 및 온갖 무술 등과 입으로 불 뿜기 등 온갖 재주를 부리면서 공연을 한다. 경극뿐만이 아니라 중국의 대부분의 공연예술은 이처럼 놀이(戲)의 성격이 뚜렷하고 또 음악과 배우의 노래(曲)가 공연의 중심을 이루기 때문에 이들 공연예술을 흔히 '희곡(戲

---

1) 중화민국과 타이완(臺灣)에서의 호칭임. 평희(平戲)는 베이징을 한 때 베이핑(北平)이라 부른데서 온 칭호임.

⚠ 청대의 그림으로 경극 「공성계(空城計)」 연출 장면. 성 위에 제갈량이 있고, 성 아래 가운데 사마의
가 서 있다.

▲ 청대 사람이 그린 경극 「참자(斬子)」의 연출 그림

▲ 사진은 경극의 대표적인 레파토리인 「백사전(白蛇傳)」

▲ 「백사전」 공연 사진

曲)' 이라 부른다. 여기에서도 '희곡' 이란 말을 가끔 쓸 것인데, 우리 말의 희곡과는 뜻에 차이가 있음을 유념해야 한다. 경극은 간단히 말하면 음악과 무용과 재주부리기 등으로 이루어지는 베이징에서 발전하여 지금은 중국 전역에 유행하는 중국 전통 희곡의 일종이다.

경극의 연구와 발전에 크게 공헌한 치루샨(齊如山, 1875-1962)은 『국극예술휘고(國劇藝術彙考)』[2] 제1장 전언(前言)에서 경극의 원리를 다음과 같이 요약하고 있다.

2) 1950년, 타이베이 중광문예출판사(重光文藝出版社).

유성필가(有聲必歌). 경극에서는 극히 간단한 소리라 하더라도 반드시 가창의 뜻을 지녀야 한다.

무동불무(無動不舞). 배우들은 극히 미소한 동작이라 하더라도 반드시 춤의 뜻을 지녀야 한다.

진짜 기물을 무대 위에 올리는 것은 불허한다. 모든 진짜와 같은 물건은 무대에서 사용해서는 안 된다.

사실(寫實)은 허락되지 않는다. 약간의 진실 같은 동작도 있어서는 안 된다.

곧 경극은 완전히 노래를 바탕으로 하고 상징적인 동작과 상징적인 기물을 사용하고 무대 장치며 배우의 화장·옷·치장도 모두가 비현실적인 것이어서 경희에 익숙하지 않은 관객들은 연극의 내용을 이해하기가 쉽지 않다.

경극뿐만이 아니라 본시부터 중국의 모든 희곡은 창과 춤으로 이루어지는 것이었다. 서양의 연극이 사람들의 생활과 활동을 그대로 무대 위에서 흉내를 내는 형사(形似)의 방법을 추구하고 있는데 비하여, 중국의 희곡은 상징적인 노래와 춤으로 사람들이 생활을 통하여 드러내는 여러 가지 서정이나 정신의 표현을 뜻하는 신사(神似)의 방식을 추구하고 있다고도 한다. 말을 바꾸어 중국의 전통연극의 미학적인 추구는 전신(傳神)에 있다고도 하는데 실상은 같은 말이다.[3] 여기에 쓰인 '신'의 뜻이 문제임으로,『철학사전』(上海辭書出版社) 미학권(美學卷)의 형신(形神)에 대한 해설을 보면 이러하다.

---

3) 샤셰시(夏寫時)『논중국희극비평(論中國戲劇批評)』제1집「중국희극(中國戲劇)의 심미특징(審美特徵)을 논함」4. 전신미(傳神美)를 논함 등 참조.

◇ 청대 「백사전(白蛇傳)」을 공연하는 목판화 ◇

　"'형'은 진실을 가리키며, ---. '신'은 대상의 정신과 기질과 의
지와 품격을 심각하게 드러내 보이고 창작자의 사상과 감정을 표현하
는 것을 가리킨다."

　곧 경극은 연출자의 사상과 감정을 바탕으로 일정한 사람들의 정
신과 기질과 의지와 품격을 드러내는 것을 목표로 하는 연극이라 할
수가 있다.

　경극은 청나라로 들어와서 성행하기 시작한 중국 여러 지방의 각
기 다른 토속조(土俗調) 민요의 가락을 바탕으로 이루어진 여러 가지
지방희(地方戱) 중의 한 종류이다. 경극은 한 지방희가 중국의 수도
이며 문화의 중심지인 베이징으로 들어와 공연되면서 관중의 인기를
끌고 다시 여러 지방 연극의 장점을 흡수하여 발전한 연극이다. 경극
은 베이징에만 유행이 그치지 아니하고 중국의 전통희곡 중 중국 전
역에 가장 널리 유행하여 마침내는 대표적인 중국의 고전연극으로
발전하게 된 것이다. 『중국희곡극종수책(中國戱曲劇種手冊)』[4]에 해
설이 실려 있는 전국의 전통연극이 모두 360종이며, 전문 극단이 있
거나 있었던 극 종만도 모두 275종에 달한다. 그들 중 유명한 것을
보기로 들면 베이징의 경극을 비롯하여 중국 사람들이 가장 오래된
연극이라 자랑하는 명나라 때 쨩수(江蘇) 쿤샨(崑山)에서 발전하여
지금까지도 전해지고 있는 곤곡(崑曲) 및 허베이(河北)의 하북방자

---

4) 베이징 중국희곡출판사(中國戱曲出版社) 1987.

(河北梆子)・샨시(山西)의 포주방자(蒲州梆子)・시안시(陝西)의 진강(秦腔)・샨둥(山東)의 여극(呂劇)・짱수의 소극(蘇劇)・안후이(安徽)의 황매희(黃梅戲)・상하이(上海)의 호극(滬劇)・쩌짱(浙江)의 소극(紹劇)・짱시(江西)의 공극(贛劇)・푸젠(福建)의 이원희(梨園戲)・광둥(廣東)의 월극(粵劇)・후난(湖南)의 상극(湘劇)・후베이(湖北)의 한극(漢劇)・허난(河南)의 예극(豫劇)・쓰추안(四川)의 천극(川劇) 등이 있다.

🔺 허난(河南)의 예극(豫劇) 「진삼량(陳三兩)」의 한 장면

   어떻든 중국의 대표적인 전통 연극 자리는 아직도 경극이 차지하고 있다. 그리고 곤곡을 비롯하여 중국의 모든 지방희와 공연예술의 음악과 연출기법이 경극의 영향을 가장 많이 받아 발전하고 있다. 중국에서는 사회의 지도계층 말하자면 중남해(中南海)에 거주하는 국가 지도자들로부터 하류 계층의 가난한 노동자들에 이르기까지 중국 사회 전체 사람들이 전국에서 그들의 전통 연극으로 경극을 가장 많이 즐기고 있다. 말하자면 10여억 인구인 중화민족의 민족극 같은 성

🔺 산동 여극(呂劇)의 공연 장면

격을 지니고 있다. 세계의 공연예술 중에 아마도 이처럼 넓은 지역에 걸쳐 10여억이나 되는 인구의 모든 사회계층 사람들의 공감을 함께 얻고 있는 연극도 없을 것이다.

그뿐 아니라 경극은 중국 사람들 전체가 좋아하고 즐기기 때문에 중국 사람들의 생각과 상식 등을 크게 좌우하고 있다. 치루샨(齊如 山)은 그의 『오십년 이래의 경극(五十年來的國劇)』 제4장에서 "최근 1100년 동안 중국의 전국 인민의 사상은 완전히 연극에 의하여 통제 되어 왔다."고 하면서 다음과 같은 보기를 들고 있다. 주나라에 있어 서는 주공(周公)과 소공(김公)이 매우 공로가 큰 중요한 인물인데도 경극 때문에 일반 사람들에게는 강태공(姜太公) 만큼 알려져 있지 않 다. 한나라에 있어서는 소하(蕭何)나 조조(曹操) 같은 인물이 중요한 데 경극 때문에 제갈량(諸葛亮)을 사람들은 더 중요한 인물로 알고 있다. 당나라에 있어서는 위징(魏徵) 같은 큰 인물보다도 경극을 통 해서 사람들은 설인귀(薛仁貴)를 더 잘 알고 있다. 심지어 당나라 때 의 장사귀(張士貴)와 송나라 때의 반미(潘美)는 『당서(唐書)』와 『송사 (宋史)』같은 역사 기록을 보면 나라의 공신이며 충신인데, 경극에서 그들을 좋지 않은 사람으로 출연시키고 있어서 일반 사람들은 모두 그들을 나쁜 사람으로 알고 있다는 것 따위이다. 때문에 현 중국에서 는 뒤에 보다 자세히 설명할 작정이지만 자기들의 전통예술을 다시 살려내면서 한편 경극을 사회주의 혁명을 이룩하기 위하여 인민들을 가르치고 이끄는 수단으로도 크게 활용하고 있다.

그리고 경극에는 중국 사람들의 음악, 미술, 무용 등의 예술의식이 종합적으로 반영되고 있다. 곧 경극은 중국 사람들의 연극뿐만이 아

▲ 경극 「분하만(汾河灣)」에서 명배우 마롄량(馬連良)이 설인귀로 분장하여
유영춘(柳迎春)으로 분장한 메이란팡(梅蘭芳)과 공연하고 있다.

니라 음악, 미술, 무용 등 예술에 관한 의식을 종합적으로 반영하고 있다고 할 수 있다. 따라서 무엇보다도 중국의 전통문화를 현대에 가장 잘 대변하고 있는 것이 경극인 것이다.

중국은 모든 면에서 우리와는 매우 가까운 큰 나라이다. 우리는 중국을 잘 이해하고 그들에 대하여 잘 알지 않으면 안 된다. 경극이라는 중국의 연극 자체뿐만이 아니라 중국 사람이나 중국문화에 대하여 좀 더 잘 알기 위해서도 경극을 이해하도록 노력해야만 한다. 경극에 대하여 여러 가지 면에서 이질감을 갖고 있는 우리지만 경극은 우리 이웃 큰 나라의 온 민족이 좋아하는 연극이기 때문에 중국 사람들과 중국문화를 보다 더 잘 알기 위해서도 경극에 대한 이해를 넓히도록 노력하여야 한다.

따라서 이 책은 경극은 언제 어떻게 이루어져 어떻게 발전하였는가, 그리고 경극은 어떤 특징을 지닌 연극인가, 경극은 중국 사람들에게 무엇을 뜻하는 것인가를 되도록 쉬우면서도 자세히 설명하여 한국 사람들이 경극을 가까이 하고 보다 잘 이해할 수 있도록 하려는데 목적을 두고 있다.

▲경극에 등장하는 조조(曹操)

2

경극은 언제 이루어져 어떻게 발전하였나?

2. 경극은 언제 이루어져 어떻게 발전하였나?

1) 경극 이전의 중국 전통희곡

중국의 전통문학은 한자의 특성에 따라 시를 중심으로 발전하여왔다. 그리고 한자는 말을 서로 달리하는 여러 민족이 함께 발전시켜 온 말을 적는 글이 아니라 처음부터 뜻을 적는 글이었다. 그리고 한자는 쓰기도 어렵고 글자를 쓰는 연모도 간단하지 않았기 때문에 처음부터 되도록 적은 수의 글자로 많은 뜻을 담아내려 애쓰게 되었다. 따라서 한자로 쓴 글은 산문이기보다는 시의 형식에 가까운 글이었다. 그리고 한자로 쓴 글은 읽는 것을 듣고 알아듣기가 쉽지 않음으로, 글을 읽는 사람은 듣는 이에게 이해할 여유를 주기 위하여 되도록 한 글자 한 글자의 음을 길게 늘이고 거기에 리듬을 보태어 읽었다. 그래서 글을 읊는다고 하였지만 그것은 실제로 노래하는 것에 가까운 형식이었다.

얘기를 한자로 쓴 글도 원칙적으로는 시의 형식으로 모두 이루어

▲ 서한(西漢)의 백희도용(百戱陶俑), 산둥(山東) 찌난(濟南) 출토(1946)

졌다. 시는 노래의 가사임으로, 대체로 전설이나 영웅 얘기 같은 것
도 민간에는 노래로 전하여졌음을 뜻한다. 곧 모든 얘기가 민간에 후
세의 강창(講唱)[5]의 형식으로 전하여졌었다는 것이다. 연극도 상고시
대부터 노래와 춤으로 간단한 얘기를 연출하는 가무희(歌舞戱)의 형
식으로 발전하여왔다.

중국 고대에는 노래와 춤으로 일정한 얘기를 연출하는 가무희와
함께 강창(講唱)·괴뢰희(傀儡戱)[6]·잡희(雜戱)[7] 등의 여러 가지 공
연예술이 발전하였다. 이미 『시경(詩經)』[8]·『초사(楚辭)』[9]·『예기(禮

---

5) 강창은 옛날 중국의 민간에서 얘기꾼이 노래와 말을 엇섞어 사람들에게 얘기를 들려
   주던 공연 형식이다.
6) 꼭두각씨 놀음과 같은 인형극을 가리킨다.
7) 노래와 춤뿐만이 아니라 여러 가지 재주부리기를 모두 포함하는 말이다.
8) 김학주 「3. 서한(西漢) 학자들의 『시경』 해설에 대한 새로운 이해」(『중국문학사론』
   서울대학교 출판부) 참고 바람.
9) 일본 청목정아(靑木正兒) 「초사 구가(九歌)의 무곡적(舞曲的) 결구(結構)」, 운이둬(聞
   一多) 「구가신편(九歌新編)」 참조.

記)』 등의 예날 경전에는 서기 기원전 10세기로부터 기원전 3세기에 이르는 주(周)나라 시대에도 가무희가 행해졌음을 알려주는 기록들이 있다. 특히 연말에 행해지던 나(儺)는 네 개의 황금색 눈이 달린 탈을 쓴 방상씨(方相氏)가 악한 귀신들을 사람들의 생활 주변으로부터 몰아내는 의식이어서 처음부터 탈놀이의 성격을 지니고 있었다. 이 '나'는 후세로 가면서 더욱 놀이의 형식으로 발전하여 중국 가무희의 발전에 크게 공헌하였다.[10]

▲ 한대 연희(演戲) 화상석(畫像石) 탁본
한대 화상석 악무백희도(樂舞百戲圖), 샨둥(山東) 이난(沂南) 출토.

10) 김학주 『한·중 두 나라의 가무와 잡희』(서울대 출판부, 1994) 및 『중국 고대의 가무희』(명문당, 2001 증보판) 참조.

기원 전 3세기로부터 기원 후 6세기에 이르는 한(漢)·위(魏)·남북조(南北朝) 시대에는 가무희가 여러 가지 잡희와 함께 연출되었고, 각저희(角觝戲)[11]와 골계희(滑稽戲)·우희(優戲)[12]·괴뢰희(傀儡戲) 등이 공연예술로 유행하였다. 그리고 한대에 평악관(平樂觀)에서 연출되던 여러 가지 놀이 중의 동해황공(東海黃公)[13], 『삼국지(三國志)』 『위서(魏書)』 배송지(裵松之) 주에 보이는 요동요부(遼東妖婦), 남북조 시대의 상운악(上雲樂) 등이 그 시대의 대표적인 가무희의 종목이다.

이러한 가무희들의 성격을 알기 위하여 보기로 아래에 양(梁)나라 주사(周捨, 469-524)가 쓴 「상운악」 시[14]를 소개한다.

서쪽의 늙은 오랑캐, 그 이름은 문강(文康)인데

천지사방으로 노닐면서, 삼황(三皇)에게도 거만하게 구네.

서쪽으론 해지는 몽사(濛汜)를 구경하고, 동쪽으론 해 뜨는 부상(扶桑)에 노니네.

남쪽으론 남극해에 배를 띄우고, 북쪽으론 북극 불모의 땅에 이르네.

---

11) 각저희는 본시 두 사람이 재주를 겨루는 놀이에서 시작되었으나 한(漢)대에 와서는 가무희와 잡희도 모두 각저희 속에 포함되었다.

12) 골계희는 우스갯짓을 중심으로 하던 놀이이고, 우희는 난쟁이 같은 우령(優伶)들이 나와 말과 몸짓으로 어떤 일을 풍자하고 사람들을 웃기는 놀이였다.

13) 장형(張衡) 「서경부(西京賦)」에는 평악관에서 동해황공이라는 가무희를 중심으로 하여 여러 가지 잡희와 잡기를 공연하는 각저희의 모습을 읊은 대목이 있다.

14) 곽무천(郭茂倩) 『악부시집(樂府詩集)』 청상곡사(淸商曲辭) 소재.

옛날에는 신선인 약사(若士)와 벗하였고, 팽조(彭祖)와 함께 자랐다네.

옛날에 잠시 곤륜산에 갔다가, 다시 요지(瑤池)에서 술을 들게 되었는데

주나라 황제는 맞이하여 윗자리에 앉혔고, 왕모(王母)는 불사약 옥장(玉漿)을 대접하였다네.

그래서 목숨은 남산처럼 끝없이 되었고, 뜻은 금강(金剛)처럼 단단하게 되었다네.

푸른 눈은 아련하고, 흰 머리는 기다랗네.

가는 눈썹은 수염 난 곳까지 뻗었고, 높다란 코는 입 위로 처져 있네.

놀이를 잘할 뿐만 아니라, 술도 잘 마신다네.

퉁소와 저가 앞에서 울고 있고, 제자들이 뒤를 따르고 있는데

많은 사람들이 공경스런 모습으로, 각기 맡은 일을 하고 있네.

봉황새는 늙은 오랑캐 집안의 닭이요, 사자는 늙은 오랑캐 집안의 개라네.

천자께서는 어지러운 세상을 올바르게 다스리어, 다시 해와 달과 별빛을 밝게 하셨네.

은택이 내리는 비처럼 베풀어지고, 교화가 바람처럼 백성들을 휩쓸었네.

자연현상을 살피어 모든 이치를 밝혀내고, 양나라를 방문하기로 뜻을 세워

수레 끄는 네 마리 말을 배로 늘이고 길을 닦은 뒤, 비로소 천자가 계시는 도읍에 이르렀다네.

궁전 앞에 엎드려 절하면서, 옥당(玉堂)을 우러르는데,

△ 송(宋) 나라 때 두 여자가 잡극(雜劇)을 공연하고 있는 그림. 베이징 고궁박물원(古宮博物院) 소장.

따라온 하인들이 줄지어 벌여 섰고, 모두가 염치와 절의를 알고

다 같이 의로운 도리를 알고 있는듯하네.

노랫소리 피리소리 은은히 울리고, 북소리 둥둥 울리어

울림은 하늘에 진동하는데, 그 소리는 봉황새 울음 같네.

나서고 물러섬이 모두 규칙에 맞고, 나아가고 물러감이 모두 가락

에 맞네.

모든 재주가 다 좋기는 하지만, 오랑캐 춤은 그 중에서도 가장 잘 추네.

늙은 오랑캐가 부쳐온 상자 속에는, 더 기이한 악장들이 있다네.

수만 리 길을 가져다가, 성상께 바치고자 한다는 거네.

이것을 차례차례 이야기하려 하여도, 늙은 지라 잊은 것이 많다

네.

다만 바라건대 밝으신 폐하께서, 천만 년 장수하시어

즐거움이 다하는 일 없으시기를![15]

---

15) 西方老胡, 厥名文康, 邀遊六合, 傲誕三皇. 西觀濛汜, 東戲扶桑. 南泛大蒙之海, 北至
無通之鄕.
昔與若士爲友, 共弄彭祖扶牀. 往年暫到崑崙, 復値瑤池擧觴. 周帝迎以上席, 王母贈
以玉漿. 故乃壽如南山, 志若金剛.
靑眼皙皙, 白髮長長, 蛾眉臨髭, 高鼻垂口. 非直能俳, 又善飮酒. 簫管鳴前, 門徒從
後, 濟濟翼翼, 各有分部.
鳳凰是老胡家鷄, 獅子是老胡家狗. 陛下撥亂反正, 再朗三光, 澤與雨施, 化與風翔.
覘雲候呂, 志遊大梁,
重馱修路, 始屆帝鄕. 伏拜金闕, 仰瞻玉堂, 從者小子, 羅列成行, 悉如廉潔, 皆識義
方. 歌管愔愔, 鏗鼓鏘鏘! 響振鈞天, 聲若鷗皇.
前却中規矩, 進退得宮商. 擧技無不佳, 胡舞最所長. 老胡寄篋中, 復有奇樂章, 齎持
數萬里, 願以奉聖皇.
乃欲次第說, 老耄多所忘. 但願明陛下, 壽千萬歲, 歡樂未渠央.

🔺 샨시성(山西省) 허우마(侯馬)에 있는 금(金)나라 때의 동씨(董氏)의 무덤 안에 있는 희대(戱臺)와 그 위
에서 연희(演戱)를 하는 다섯 명의 배우 인형.

이 가무희를 보면 처음에는 늙은 오랑캐 문강이 신선 같은 모습으로 등장하여 춤을 추고 노래를 한다. 천지 사방을 노닐면서 여러 신선들과 어울리어 춤추며 노래한다. 다음에는 파란 눈에 코는 높고 머리는 흰 문강이 종자들을 데리고 나와 술 마시고 노래하는데 곧 사자와 봉황새까지 나와 춤을 추면서 양나라의 태평성세를 축송한다. 그리고 여러 가지 오랑캐 춤과 노래로 양나라 황제가 천수를 누리기를 빌고 있다.

서기 7-9세기 당대에는 가무희가 더욱 성행하여 '상운악' 같은 이전의 가무희와 함께 난릉왕(蘭陵王)·답요낭(踏搖娘)·서량기(西凉伎)·소막차(蘇莫遮)·번쾌배군난(樊噲排君難) 등 무수한 가무희가 연출되었다.[16] '서량기'는 앞의 '상운악'과 비슷한 놀이이고, '번쾌배군난'은 홍문연(鴻門宴) 잔치 자리에서 항우(項羽)가 한나리의 유방(劉邦)을 죽이려 하였을 적에 한나라 장수 번쾌(樊噲)가 이를 막는 얘기를 가무로 연출한 것이다.

10세기부터 12세기에 이르는 북송(北宋)시대에는 공연예술이 공전의 대 발전을 이루었는데, 이 시기의 연극은 송나라의 잡극(雜劇)과 금나라의 원본(院本)[17]이 공연 체제가 잘 갖추어져 가장 대표적인 극종으로 떠오른다. 그러나 모두 가무희의 성격을 벗어나는 것은 아니다.

---

16) 런반탕(任半塘)『당희롱(唐戲弄)』참조.
17) 주밀(周密 ; 1232-1308)의『무림구사(武林舊事)』권10에는 관본잡극단수(官本雜劇段數)라 하여 280본(本)의 송잡극(宋雜劇) 명목(名目)이 실려있고, 도종의(陶宗儀)(1360 전후)의『철경록(輟耕錄)』권25에는 원본명목(院本名目)이라 하여 690종에 달하는 금원본(金院本) 명목과 전체적인 해제가 실려있다.

▲ 원 잡극의 전조각(磚彫刻) 산시(山西) 신장(新絳) 출토(1978).

▲ 명대 사대부들이 연극을 즐기는 그림

북송 말 남송 초(1127)에는 중국 연극사에 일대 변혁이 일어난다. 남쪽 온주(溫州) 지방에 처음으로 규모가 큰 대희(大戲)인 희문(戲文)이라 부르는 연극이 생겨난다. 이전의 가무희는 얘기 줄거리가 간단하고 전체 규모가 작아서 대희와 대비시켜 소희(小戲)라 부르기도 한다. 희문은 널리 유행하지 못하고 곧 만주족의 금(金)나라와 몽고족의 원(元)나라가 흥성하며 잡극(雜劇)이란 북방의 음악을 바탕으로 한 새로운 연극을 성행케 하여 소희는 차차 자취를 감추게 된다. 이 '잡극'은 앞의 송나라 '잡극'과는 전혀 다른 것이다. 원나라 때에 성행한 '잡극'은 몽고족의 지배 아래 할 일 없는 한족의 문인들이 잡극 각본을 쓰는데 손을 대어 좋은 작품이 많이 남아 전하고 있다. 따라서 문학 면에서는 원나라 잡극이 중국 전통 희곡 중에서 가장 빼어난 작품을 가장 많이 전하고 있다.

원나라 말엽에는 북곡(北曲)인 잡극이 점차 세력을 잃고 다시 남곡(南曲)이 성행한다. 명대에 와서는 이 '남곡'을 전기(傳奇)라 부르고 전기는 명대의 연극을 대표하게 된다. 청나라를 세운 만주족은 음악을 매우 좋아하여 명대의 희곡을 바탕으로 지방마다 여러 가지 지방희를 더욱 발전시킨다. 그리고 청나라 중엽에는 결국 여기의 주제가 되고 있는 경극을 이루어 발전시키게 된다. 따라서 경극은 원나라 잡극과 명나라 전기를 이어받은 '대희' 계통의 연극이다.

2) 청대 경극의 형성과 발전

(1) 경극이 이루어지기 이전의 시기(1644-1735)

청나라 초기에는 나라도 안정되지 못하였으나 연극의 유행만은 명나라의 습속을 그대로 이어갔다. 순치 연간(1644-1661)은 아직도 나라가 제자리를 잡지 못한 상황이었는데도 만주족의 황실 귀족과 벼슬을 하며 부귀를 누리는 일부 한족들은 연극을 즐기었다. 자기 집안에 연극 무대인 희대(戲臺)도 마련하고 극단인 희반(戲班)도 거느리며 연극을 즐기는 풍습은 명나라 때 못지않게 흥성하였다. 청나라 초기 자기 집안에 희대를 마련해 놓고 희반을 거느렸던 사람으로 이어(李漁, 1611-1680)[18] · 모양(冒襄, 1611-1693)[19] · 사계좌(査繼佐, 1601-1676)[20] · 교채(喬菜, 1642-1694)[21] · 송락(宋犖, 1634-1713)[22] 등 이루 헤아릴 수 없을 정도로 많다. 그리고 이름을 날린 명

---

18) 『입옹일가언전집(笠翁一家言全集)』 권7에는 端陽前五日, 尤展成 · 余淡心 · 宋淡仙 諸子集姑蘇寓中, 觀小鬟演劇, 淡心首唱八絕, 依韻和之, 中逸其二 및 端陽後七日, 諸君子重集寓齋, 備觀新劇이라는 시가 있다. 자기 집 희대에서 얼마나 손님들을 불러 자기 희반의 공연을 즐겼는가 알 수 있다.

19) 진확암(陳確庵)『득전당야음후기(得全堂夜飮後記)』에 모양(冒襄) 집안의 희대와 그의 집의 배우들에 대하여 쓴 글이 보인다.

20) 유수(鈕琇)『고승(觚賸)』 권7, 설유(雪遊)에는 사계좌(査繼佐) 집안에서 여자 배우들을 양성하고, 집안에서 그들이 공연한 모습이 쓰여있다.

21) 사신행(査愼行)『경업당집(敬業堂集)』에는 교채(喬菜)의 집안에 있던 명배우에 관한 기록이 보인다.

22) 오진염(吳陳琰)은 『도화선(桃花扇)』 앞머리에 송락(宋犖)의 집안에서 잔치를 벌일 때는 『도화선』을 공연했다고 주를 달고 있다.

四川等
六省清
音臺

🔺 강희황제의 생일을 축하하기 위하여 지방 도시 길거리에 희대를 세워놓고 음악연주와 연극을 공연하는
그림(1717년에 그린)의 일부. 베이징 고궁박물원 소장.

배우로 왕자가(王紫稼)·육구(陸九)·이수랑(李修郎)[23] 같은 이들이 있었다. 순치 9년(1652)의 진사인 양몽리(楊夢鯉)는 그의 『의산당집(意山堂集)』에서 청초에 푸찌엔(福建)성 싱화(興化)에서 연출된 연극 제목 36종[24]을 기록하고 있다. 순치 16년(1659)에는 강남으로 사람을 보내어 유명한 여배우들을 찾아 궁중으로 데려왔다는 기록도 있다.[25]

본시 명대로부터 이어져 온 희곡의 악조로 청초에는 곤강(崑腔)과 익양강(弋陽腔)[26]이 주류를 이루고 있었다. 그러나 청대에 와서는 각 지방에 여러 가지 서로 다른 토속음악을 바탕으로 한 지방희가 더욱 발전하기 시작한다. 곤산강·익양강 이외에 이른바 방자강(梆子腔)·유자강(柳子腔)·나라강(羅羅腔)[27]과 청희(淸戲)·현색(弦索)·

---

23) 오위업(吳偉業) 「왕랑곡(王郎曲)」은 왕자가(王紫稼)를 읊고, 공상임(孔尙任)의 「연대잡흥(燕臺雜興)」 40수 중 제 6수의 자주(自注)에 육구(陸九), 「연대잡흥(燕臺雜興)」 30수 중 제 9수에 이수랑(李修郎)이 보임.
24) 『배월정(拜月亭)』·『설인귀(薛仁貴)』·『유지원(劉智遠)』·『왕십붕(王十朋)』·『채백해(蔡伯諧)』 등.
25) 우동(尤侗) 「영사시(詠史詩)」.
26) 익양강(弋陽腔)은 명나라 초기 짱시(江西)지방에서 발전한 희곡 음악의 일종이다. 명대에는 해염(海鹽)·여요(餘姚)·곤강(崑腔)과 함께 사대성강(四大聲腔)이라 하였다. 음이 높아 고강(高腔)이라고도 하였으며, 차차 강남지역을 중심으로 하여 베이징까지도 들어와 유행하였고, 각지의 토속 음악 가락을 흡수하여 청양강(靑陽腔)·사평강(四平腔) 등의 새로운 성강(聲腔)을 형성시켰다. 익양강 자체는 없어졌으나 광서연간에는 결국 공극(贛劇)을 형성하였다. 익양강은 짱시성의 공극 속에 살아있는 셈이다.
27) 청초 수연하사(隨緣下士)의 소설 『임난향(林蘭香)』 제27회에는 경(耿)씨 집의 추석날 밤 잔치에서 시녀 기방(箕芳)이 익양강을 창하는 대목이 있는데, 거기에 기려산인(寄旅散人)의 비어(批語)에 곤강·익양강과 함께 방자강(梆子腔)·유자강(柳子腔)·나라강(羅羅腔) 등의 이름이 보인다.

▲ 북방(北方) 곤곡극원(昆曲劇院)에서 명나라 초기의 「비파기(琵琶記)」를 공연하는 모습을 그린 그림.

판강(板腔)·오강(吳腔)·진강(秦腔)·무낭강(巫娘腔)·사평강(四平腔) 등 여러 종류의 연극 강조(腔調)가 기록에 보인다. 지방희가 상당히 성행하기 시작하였음을 알게 한다.

강희 연간(1662-1722)으로 들어와서는 연극 공연이 더욱 활발해진다. 강희 23년(1684)에는 황제가 남쪽 지방을 순행하였는데 수조우(蘇州)의 직조부(織造府)에서는 황제를 모시고 그 고장의 극단을

▲ 강희 남순도(南巡圖)

동원하여 연극을 공연하였다. 황제는 연극을 즐기고 난 뒤에 여러 명의 빼어난 연예인들을 뽑아 궁중으로 데려왔다.[28] 이 뒤로 수조우의 직조부는 조정에서 쓰는 직물을 공급하는 역할 못지않게 궁중에 배우들을 공급하는 역할도 담당하게 되었다. 수조우는 중국에서 특히 연극이 성행하는 도시로 발전하게 된다.

강희 연간에는 베이징에 월명루(月明樓) 등 많은 극장이 있었고 이미 많은 전문 극단이 활약하였다. 청초 지은이를 알 수 없는 『도올한평(檮杌閒評)』 권7에는 베이징의 춘수호동(椿樹胡同)에는 "50개의 소절강 극단이 있었다.(五十班蘇浙腔)" 하였다. 강희 연간 초본인 『남곡지보(南曲指譜)』에는 민남(閩南)지방의 칠자반(七子班)이 연출한 연극 종류 25종의 곡문(曲文)이 실려 있다.

옹정연간(1723-1735)에 베이징 도연정(陶然亭)에 세운 「이원관비기(梨園館碑記)」에는 여기에 돈을 낸 극단인 희반 19개의 이름이 적혀 있다.[29] 옹정연간에도 희곡연출은 시들지 않았음을 알 수 있다.

(2) 경극의 형성 시기(1736-1850)

건륭 연간(1736-1795)에 이르자 황제가 더욱 희곡을 좋아하여 연극은 크게 성행하고 결국은 경극이 이루어지게 된다. 건륭황제 때에

---

28) 초순(焦循) 『극설(劇說)』 권6 인용 『국장신화(菊莊新話)』 참조.
29) 장차계(張次溪) 『청대연도이원사료(淸代燕都梨園史料)』 하책, 중국희극출판사 1988년 출판, 참조.

▲ 지금의 베이징 원명원 옛터 일부를 공중에서 바라본 사진.

연극이 성행한 정도는 연극 무대로 궁중에 삼층으로 지어놓은 크나큰 대희대(大戲臺)만 보아도 짐작할 수가 있다. 베이징의 자금성과 이화원(頤和園)·원명원(圓明園) 및 열하행궁(熱河行宮)에는 제각기 웅장한 대희대가 모두 있었다. 이 대희대는 모두 건륭 연간에 건축된 것들이다. 자금성에는 영수궁(寧壽宮) 안에 창음각(暢音閣) 대희대가 있는데, 희대의 아래 토대 높이 1.2미터, 전체 높이 20.71미터, 전체 면적은 685.94평방미터나 된다. 다른 곳의 대희대도 이와 비슷한 크기이다. 그 남쪽에 2층 건물인 연극을 구경하는 열시루(閱是樓)가 따로 세워져 있다. 이 밖에도 자금성 안에는 크고 작은 희대가 10여 개가 넘는다. 이화원에는 덕화원(德和園) 대희대가 있는데 건륭 연간에 건축된 것을 광서 연간에 다시 수축한 것이다. 원명원에는 3층의 대희대로 동락원(同樂院)의 청음각(清音閣)이 있었는데 함풍 10년 (1860) 영·불 연합군이 베이징에 쳐들어왔을 적에 불에 타버리고 지금은 청대에 그려진 원명원 그림에만 남아있다. 원명원은 본시 강희 48년(1709)에 세워져 이후 옹정·건륭에서 함풍황제에 이르기까지 황제들은 많은 시간을 이곳에서 보냈다. 그리고 그 사이 황제들은 대부분의 연극 공연을 원명원에서 구경하였다. 열하에 있던 대희대도 불에 타버리어 지금은 남아있지 않다.

이 3층의 대희대 각 층은 평시에는 완전히 닫혀 있으나 필요에 따라 열고 통할 수가 있어서, 배우들이 오르락내리락 하며 하늘 위로 올라가기도 하고 또 하늘로부터 땅으로 내려오는 연기를 할 수도 있도록 되어 있다. 맨 밑층의 바닥 아래에는 다시 다섯 개의 샘이 파여 있어서 공연을 할 때 필요에 따라 그곳으로부터 물이 솟아오르게도

▼ 베이징 자금성 안의 창음각(暢音閣) 대희대(大戱臺)

◀ 베이징 자금성
중화궁 수방재
의 실내 작은
희대 풍아존
(風雅存) 사진.

▼ 베이징 자금성 안의 수방재(漱芳齋) 희대,
중간 크기의 희대임.

하고 불길이 솟아오르게 할 수도 있다 한다.

경극 중에는 대희대에서 만 연출할 수 있는 작품들이 있다. 보기를 들면 『보탑장엄(寶塔莊嚴)』은 연극 중에 지하로부터 쇠 도르래로 들어 올려 화려하고 큰 탑 다섯 개를 무대 위에 출현케 하여야 하는데 대희대가 아니면 공연이 불가능하다. 『지용금련(地湧金蓮)』은 지하로부터 큰 연꽃 다섯 송이가 무대 위에 솟아 올라오고 활짝 핀 연꽃 가운데 큰 부처님 다섯 분이 각각 앉아있는 대목이 있는데 역시 대희대에서 만 연출이 가능하다. 『나한도해(羅漢渡海)』에서는 배 안에 수십 명이 들어갈 만한 큰 자라가 등장하여 입으로 엄청난 물을 들이마셨다가 뿜어내는데 역시 대희대가 아니면 공연할 수가 없는 것이다. 이밖에도 대희대에서 만 공연할 수 있는 작품이 여러 편 있다.

조익(趙翼, 1727-1814)의 『첨포잡기(簷曝雜記)』를 보면, 「대희(大戲)」 대목에 자신이 열하행궁에 가서 대희대에서 공연하는 경희를 본 얘기를 쓰고 있는데, 연극에서 무대 위에 나와 있는 귀신들이 1000 수백 명이었고 사람들의 목숨을 관장하는 신인 수성(壽星)으로 분장하는 배우만도 120명이나 되었다고 한다. 그리고 "당나라 현장(玄奘)스님이 뇌음사(雷音寺)에서 불경을 얻을 적에는 여래(如來)께서 전각에 오르시고 가섭(迦葉)과 나한(羅漢)도 나와 가르침을 받드는데, 높은 곳으로부터 아래까지 9층으로 나누어지고 수천 명이 거기에 늘어앉는데도 무대는 아직도 여유가 있었다."고 하였다.

이 정도면 건륭 연간에 희곡이 얼마나 성행하였는가 짐작하기에 충분할 것이다. 그리고 그 시대에는 희곡을 곤곡은 우아한 성격의 것이라 하여 아부(雅部), 그 밖의 여러 가지 지방 연극은 저속하다

하여 화부(花部)[30] 또는 난탄(亂彈)이라 부르며 흥행을 서로 다투었다. 사대부와 지식인들은 화부의 연극을 천박하다고 무시하였으나 일반 백성들은 아부는 음악이며 창사와 대화가 너무 고상하고 우아하여 알기 어렵고 재미가 적다 하며 좋아하지 않았다. 이전에는 황실에서 곤곡을 숭상하였으나 건륭 이후부터는 화부의 연극을 자주 공연하여 시간이 흐를수록 사대부들도 화부 쪽으로 취향이 기울어지게 된다.

건륭황제는 지방을 순행할 때마다 늘 뛰어난 여러 지방의 극단인 희반을 불러 공연케 하고 연극을 즐겼다. 특히 양조우(揚州)는 대운하와 장강이 교차하는 물류와 교통의 요지여서 돈 많은 소금장사와 곡식장사들의 본거지여서 화부희가 무척 성행한 곳이다. 이때 양조우에는 곤곡을 비롯하여 베이징에 유행한 여러 가지 지방희가 모두 공연되고 있었고, 극단도 소금장사가 후원하는 유명한 춘대반(春臺班)을 비롯하여 여러 개의 희반이 활동하고 많은 명배우가 있었다. 건륭황제는 여섯 번 양조우를 찾았는데 첫 번째 남쪽지방을 돌아볼 때부터 연극을 구경한 뒤에는 극단의 뛰어난 배우들을 골라 궁중으로 데려갔다. 그리고 수조우의 직조부(織造府)에는 배우들과 연극을 총괄하는 노랑묘(老郎廟)를 설치하고 조정에서 연극을 할 때 필요한 배우를 비롯한 연예인들 및 물건을 공급토록 하였다.[31]

---

30) 화부의 '화(花)'는 '너절하다', '요란하다'는 뜻을 지니고 있다.
31) 고철경(顧鐵卿) 『청가록(淸嘉錄)』 청룡희(靑龍戲) 조목; "老郎廟, 梨園總局也. 凡隸樂籍, 必先署名於老郎廟, 廟屬織造府所轄. 以南府供奉需人, 必由織造府選取故也."

건륭 연간 중기에는 경강(京腔)이라 부르던 익양강(弋陽腔)을 주로 연출하던 극단으로 의경(宜慶)·췌경(萃慶)·집경(集慶) 등의 육대명반(六大名班)이 있었고 경강의 명배우로 곽륙(霍六)·왕삼독자(王三禿子)·개태(開泰) 등 십삼절(十三絕)[32]의 이름이 전해지고 있다. 귀족과 부자들도 모두 황제를 따라서 연극을 좋아하게 되어 자기 집에 개인의 희대를 지어놓고 개인의 희반을 거느리는 사람들이 더욱 늘었다. 베이징에도 더욱 많은 극장이 생겨났다. 건륭 32년(1767) 베이징의 연예인들이 만든 정충묘(精忠廟)에 세운 『중수희신조사묘비지(重修戲神祖師廟碑志)』에는 거기에 돈을 낸 희반의 이름 35개가 기록되어 있다.[33] 그리고 수조우에는 41개[34], 양조우에는 20여 개[35], 광조우(廣州)에는 13개 또는 35개 정도[36], 카이펑(開封)에는 12개[37]의 상업희반이 활동하고 있었음을 알려주는 기록이 있다.

건륭 44년(1779)에는 위장생(魏長生)이 중국 서쪽 지방의 지방희인 진강(秦腔)을 갖고 베이징으로 들어와 큰 인기를 누리어 화부희가 곤곡인 아부희의 기세를 누르고 성행하게 되었다. 위장생은 여자 주

---

32) 청 양정정(楊靜亭) 『도문기략(都門紀略)』 사장서(詞場序)에 인용된 베이징의 성일재자화포(誠一齋字畵舖) 편액(扁額)으로 걸려있던 하세괴(賀世魁)가 그린 십삼절도(十三絕圖) 기록 의거.

33) 장차계(張次溪) 편 『청대연도이원사료(淸代燕都梨園史料)』 하(下)책 참조.

34) 수조우 『중수노랑묘비문(重修老郎廟碑文)』, 건륭 48년, 의거.

35) 이두(李斗) 『양주화방록(揚州畵舫錄)』 권5 신성북록하(新城北錄下) 참조.

36) 광조우(廣州) 『외강이원회관비기(外江梨園會館碑記)』, 건륭 45년, 1780, 13개, 『이원회관상회비기(梨園會館上會碑記)』, 건륭 56년, 35개가 기록되어 있음.

37) 건륭 때 이록원(李綠園)의 소설 『기로등(歧路燈)』 제95회 의거.

▣ 건륭황제 생일을 축하하기 위하여 거리에 희대를 세워놓고 연극을 공연하는 그림(1755년 무렵에 그린)의 일부 사진.

인공 역할인 단(旦)[38]의 배우여서 각별한 인기를 누렸을 것이다.

건륭 55년(1790) 건륭황제의 80세 생일 때에는 안후이(安徽)의 극단인 삼경반(三慶班)이 뽑히어 궁중으로 들어와 축수를 하는 공연을 하였다. 삼경반에는 고랑정(高朗亭)이라는 명배우가 있었다. 삼경반의 공연이 성공을 거두자 안후이의 춘대반(春臺班)·사희반(四喜

---

38) 중국의 전통연극에는 원나라 잡극에서부터 출연하는 배우들이 분장하는 인물의 성격에 따라 일정한 각색이 정해졌다. 여자 역할의 각색을 단(旦)이라 하였다. 뒤의 '3. 1) 경극배우의 각색' 대목 참조 바람.

▲ 호금 연주 모습
경극악단, 맨 앞 사람이 이호(二胡)를 연주하고 있다.

班)・화춘반(和春班)의 세 극단도 연이어 베이징으로 들어와 공연을
하였다. 그들은 베이징 연극계의 인기를 독차지하게 되어 그들의 지
방 창조(唱調)가 베이징 연극 음악의 주류로 발전한다. 안후이의 극
단들은 곤곡도 공연하였으나 그들의 주된 창조는 안후이에서 발전한
이황조(二黃調)였다. 이것이 곧 다른 창조들을 제치고 베이징 사람들
의 인기를 독차지하게 되어 뒤에 '경극'으로 발전하는 바탕이 된다.

이 때문에 경극을 이황희(二黃戱)라고도 불렀다. 어떻든 경극은 일차적으로 여기에서 바탕이 이루어지는 것이다.

그 뒤로도 안후이의 극단들은 베이징에 들어와 있던 다른 여러 지방의 희곡음악도 받아들여 이황조를 개량하여 더욱 발전시켰다. 특히 가경 연간(1796-1820)에는 후베이(湖北)의 창조인 서피조(西皮調)를 받아들여 이황조와 융합시킴으로써 독특한 베이징의 지방희인 경극을 완성시킨다. 이에 경극은 이황서피(二黃西皮)라고도 부르게 된다.

건륭황제는 특히 수조우의 직조부(織造府)에 명하여 연극할 때에 입는 옷과 장식 및 물건들을 만들어 올리게 하였다. 따라서 옷은 모두 수놓은 비단에 금박(金箔)으로 장식한 화려함을 극한 것이 되었다. 이에 경극의 복장은 때와 장소를 가리지 않고 모두 호사를 극하게 된다.

그리고 안후이의 극단들이 베이징으로 갖고 들어온 이황조의 음악은 특히 반주악기로 호금(胡琴)을 개량하여 씀으로써 새로운 경희의 가락을 발전시키어 그 음악을 호금강(胡琴腔)이라고도 불렀다. 건륭 40년(1775)에 쓴 이조원(李調元)의 『우촌극화(雨村劇話)』 권상에는 이런 글이 보인다.

"호금 가락은 안후이 남쪽에서 생겨나 지금은 세상에 그 음악이 굉장히 전해지고 있다. 오로지 호금으로 절주를 하는데 음탕하고도 요사하여 원망을 하는 것도 같고 호소를 하는 것도 같아서, 음악 중 가장 음탕한 것인데 또 그것을 '이황조'라고도 부른다."

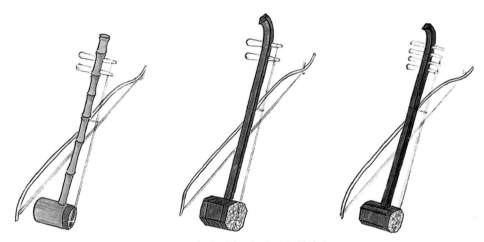

🔺 호금, 이호(二胡), 사호(四胡) 현악기.

대체로 경극의 형성에 따라 호금인 얼후(二胡)가 희곡반주를 이끄는 주요 현악기로 자리를 잡게 된다. 경극은 베이징뿐만이 아니라 차차 전국에 가장 성행하는 중국의 전통희곡으로 발전한다. 그리고 궁중 경극의 화려한 복장과 장식 및 소도구, 얼후와 소리 큰 악기 반주로 말미암은 독특한 음악 가락은 경극의 특징으로 굳어지게 된다. 그리고 그것은 각 지방의 지방희는 말할 것도 없고 탄사(彈詞)·고사(鼓詞) 계열의 전통민간연예의 음악에까지도 전체적인 영향을 끼쳐 중국 전통음악의 가락을 완전히 바꾸어 놓게 된다.

가경 연간에 들어와 경극이 완성되었음은 이미 앞에서 얘기하였다. 이때의 궁중 연극 연예인들이 1000명이 훨씬 넘었으니[39] 연극의 성행은 조금도 멈춰지지 않았다.

---

39) 도광 원년 『은상일기당(恩賞日記檔)』에는 그때 남부의 인원이 300명인데, 가경 연간의 절반도 되지 않는다 하였는데, 그것은 외변학생수(外邊學生數) 700명을 두고 한 말이고 내변학생(內邊學生)은 1000명을 넘었다.

도광 연간(1821-1850)에 들어와서는 도광 30년(1850)에 '태평천국의 난'이 일어나 청나라를 큰 혼란 속으로 몰아넣는다. 태평천국의 난이라는 대혼란 속에서도 경희는 발전을 거의 그대로 유지한다. 도광황제는 경희보다도 곤곡을 좋아하여 경희의 발전이 주춤했던 느낌을 받게 한다. 도광 7년(1827)에는 궁중의 연극부서인 남부(南府)를 승평서(昇平署)로 바꾸어 공연 내용을 약간 정비하기도 한다. 그러나 공자진(龔自珍, 1792-1841)의 기록에 의하면 당시 수조우·항조우·양조우 세 도시에만도 수백 개의 극단인 희반이 공연활동을 하고 있었다.[40] 그리고 여러 가지 기록을 종합하면 베이징에도 수십 개 이상의 희반이 활약하고 있었다. 이미 청나라 황제와 귀족들뿐만이 아니라 온 백성들도 희곡의 매력에 끌리어 나라는 혼란스러워도 희곡 취미는 버릴 수가 없게 되었던 것 같다.

경극의 명배우 제1대라고 할 배우들이 도광·함풍 연간(1851-1861)에 등장한다. 경극의 삼정갑(三鼎甲)[41]이라던 정장경(程長庚, 1811-1880)·장이규(張二奎, 1820-1860)·여삼승(余三勝, 1802-1866) 등의 명배우가 그들이다. 이들은 모두 남자 주인공 역할인 노생(老生) 역을 전문으로 하는 배우들이었다. 이전에는 여자 역할을 하는 단(旦)역 배우의 인기가 높았었으나 경극이 완성되면서 배우 역할의 중심이 '노생'으로 바뀐 것이다. '노생'이란 경희에서 수생(鬚

---

40) 공자진(龔自珍) 『정암속록(定庵續錄)』 권4 의거.
41) 삼정갑은 옛날 과거 시험 최고 단계인 전시(殿試)에서 합격한 앞 서열의 세 사람을 이르는 말임. 1등은 장원(壯元), 2등은 방안(榜眼), 3등은 탐화(探花)라고 불렀다.

生)이라고도 하는 중년이 넘은 남자 주인공으로 올바른 인물의 역할
을 맡는 배우의 각색 호칭이다. 경극에 출연하는 배우들에게는 분장
하는 인물의 성격에 따라 일정한 각색이 주어졌다. (뒤의 3. 1) 경극 배
우의 각색 참조)

　정장경(1811~1879)은 안후이 사람이며 일찍이 연기 수업을 시작했
고 건륭 연간의 명배우 미희자(米喜子)에게 연기를 지도받았다 한다.
그의 창은 뇌후음(腦後音)이라 부르는 좋은 목소리로 약간 격한 것
같으면서도 강조에 들어맞고 연기와 합치되어 경극의 기반을 굳건히

▲ 정장경이 송대의 장수 악비(岳飛)로 분장한 모습　　▲ 여삼승이 유비(劉備)의 모습으로 분장한 입상(立像)

하였다고 전해진다.

　그는 한편 '사대휘반' 중의 하나인 삼경반(三慶班)을 맡아 이끌었는데, 덕이 있어 밑의 사람들이 잘 따랐다. 그는 극단을 운영하면서 연기자들을 잘 대우하여 배우들의 자존심을 크게 향상시켰다 한다. 사잠당(四箴堂)이라는 배우를 기르는 과반(科班)도 창설하여 60여 명의 학생들을 교육함으로써 수많은 명배우들을 길러내었다. 유명한 청의(靑衣)[42] 진덕림(陳德霖)·무생(武生) 장기림(張淇林)·무정(武

△ 진덕림(가운데)과 전금복(오른편)의 공연사진

42) 청의는 경극에서 여자 주인공을 이르는 각색임. 뒤의 무생(武生)과 무정(武淨)도 군(軍) 계통의 남자 주인공을 부르는 각색 명임.

淨) 전금복(錢金福) 등이 모두 그 과반 출신이며, 바로 뒤에 노생 삼 걸(三傑)이란 칭송을 받은 손국선(孫菊仙)은 그의 수제자이고, 담흠 배(譚鑫培)는 그의 수양아들이며, 왕계분(汪桂芬)은 그의 호금 연주 가였다. 그 때문에 연극계에서는 그를 따라오빤(大老板)[43]이라 불렀 고, '휘반(徽班)의 영수'이며 '경극의 개척자'라 칭송하였다.

여삼승(余三勝, 1802-1866)은 후베이(湖北) 사람이며 대희반인 춘 대반(春臺班)의 노생 역을 맡은 간판 배우였다. 특히 그의 창 가락에 는 변화가 많고 표현력이 뛰어나, 서피조(西皮調)에 이황조(二黃調) 가락을 융합시켜 경극을 발전시키는 데 누구보다도 큰 공헌을 하였 다고 일컬어지고 있다.

🅰 유간삼(맨 오른쪽)이 양월루(중간) 등과 경극「대등전(大登殿)」을 공연하고 있는 모습

---

43) 라오빤(老板)은 중국말로 주인영감의 뜻임.

제2대 노생으로 이름을 날린 담흠배는 그를 스승으로 모셨다. 그의 아들 여자운(余紫雲, 1855-1899)은 청의로 이름을 떨친 배우였고, 손자 여숙암(余叔岩, 1890-1943)도 청말 민국 초에 노생으로 활약한 명배우이다.

장이규(張二奎, 1814-1864)는 베이징 출신으로 공부(工部)에서 벼슬살이를 하다가 연극을 좋아하여 '사대희반'의 하나인 화춘반(和春班)에 들어가 활약을 하였고, 뒤에는 사희반(四喜班)으로 옮겨 대표적인 노생으로 이름을 날렸다. 그는 특히 제왕 같은 역할에 뛰어났고 창을 할 적에는 극장 지붕의 기와가 들썩거릴 정도여서 듣는 이들에게 큰 감동을 주었다 한다. 함풍 연간에는 정(淨) 각색의 유만의(劉萬義)와 쌍규반(雙奎班)을 조직하여 운영하였다.

이 시기에도 호희록(胡喜祿, 1827-?)은 청의(靑衣) 각색의 배우로 여삼승(余三勝)과 좋은 짝을 이루어 유명하였다. 또 이 시기의 '청의'로 경극 발전에 공헌한 진보운(陳寶雲)도 유명한 배우이다. 이 시대 '정' 역의 배우로 경사(慶四) · 하계산(何桂山, ?-1917)과 전보봉(錢寶

▲ 청대에 만든 경극 공연하는 인형

峰) 같은 사람들이 활약하였다. 경사는 정장경·여삼승 같은 명우들과 공연하여 대단한 갈채를 받았다 한다.[44]

사람들을 웃기는 역할의 축(丑) 각색으로는 유간삼(劉趕三, 1817-1894)이 있는데 그는 웃기는 연기를 하는 할머니 역할인 축파(丑婆)라는 새로운 분야를 개발하여 유명하다. 황삼웅(黃三雄, 1813-?)은 경극의 희극적(喜劇的)인 성격을 발전시킨 연기자로 알려져 있다. 양삼(楊三, 1815-?)은 곤곡 무대에서 활약한 '축'역의 배우인데 그는 몸으로 무공(武功)과 재주부리는 연기에도 뛰어나 뒤의 경극 '축'역 배우 연기에 많은 영향을 끼쳤다.[45] 경극의 성행에 따라 여러 각색의 명배우들이 나와 활약한 것이다.

(3) 경극의 극성 시기(1851-1911)

나라는 극도로 어지러워지고 있었지만 경극은 도리어 더욱 성행하였다. 함풍(1851-1861)황제는 특히 경희를 좋아하여 자주 원명원으로 유명한 희반을 번갈아 불러들이어 경희를 공연케 하였다. 기록에 의하면 함풍황제는 함풍 10년(1860) 6월 달 5일에서 14일에 이르는 10일 동안에 7·8·9·10의 4일 동안은 궁중 승평서에서 연출하는 연극을 구경하고 나머지 6일 동안은 매일 외부의 영업을 하는 전문

---

44) 왕몽생(王夢生) 『이원가화(梨園佳話)』 의거.
45) 오도(吳燾) 『이원구화(梨園舊話)』 의거.

▲ 경극 「양평관(陽平關)」에서 담흠배가 양소루와 공연하는 사진

희반을 원명원으로 불러들이어 그들의 경희 공연을 관람하고 있다. 얼마나 연극에 빠져 있었는가 짐작이 갈 것이다.[46] 이 시기는 1850년에 일어난 '태평천국의 난'이 계속되고 있었고, 1856년 '아로우호 사건'이 일어난 뒤 1857년에는 영·불연합군이 쳐들어와 광둥(廣東)을 점령하고, 1858년에는 대고포대(大沽砲臺)를 점령한 뒤 톈진(天津)까지 진출하고, 1860년에는 다시 영·불 두 나라가 2만의 병력을 파견하여 톈진을 거쳐 베이징을 향해 진격하려는 때였다. 같은 해 8

46) 승평서(昇平署) 『은상일기당(恩賞日記檔)』의거.

월에는 결국 영·불 연합군이 베이징으로 쳐들어와 9월 22일 함풍황제는 시녀와 내시 몇 명만 데리고 아무런 준비도 없이 원명원에서 도망쳐 나와 어려움을 겪으며 열하별궁으로 피신하고, 다음 해에 병으로 죽고 만다.

함풍황제는 정장경(程長庚)과 대규관(大奎官) 두 배우에게 오품(五品)의 관함을 내리는 특전까지도 베풀었다.

동치(1862-1874) 황제도 경희를 좋아하여 그의 궁전에는 여러 명의 명배우들이 있었다. 동치·광서 연간(1875-1908)에는 동광십삼절(同光十三絕)[47]로 알려진 명배우들이 활약한 시기이다. 동광십삼절은 정장경·장승규(張勝奎)·노승규(盧勝奎)·서소향(徐小香)·매교령(梅巧令)·담흠배(譚鑫培)·시소복(時小福)·여자군(余紫雲)·주련분(朱蓮芬)·학난전(郝蘭田)·유간삼(劉趕三)·양명옥(楊鳴玉)·양월루(楊月樓)의 13명이다. 정장경 같은 노배우 이외에도 경극의 노

▲ 동광십삼절(同光十三絕) 그림

47) 광서 연간에 심용포(沈容圃)가 그린 동치·광서 연간에 활약한 13명의 경극 명배우 그림.

생삼걸(老生三傑)이라 알려진 담흠배 · 손국선(孫菊仙) · 왕계분(汪桂芬) 등 새로운 명배우들이 나와 경극의 발전과 성행을 이끈다. 이 시기에 대체로 뒤에 설명할 경희의 음악이나 사용 언어와 연출방식 등 여러 가지 특징을 지닌 이른바 정식(程式)이 정해지고 대표적인 경극의 공연작품들이 이루어지기 시작한다.

 광서 연간 이후로 경극은 더욱 성행한다. 정권을 쥐고 있던 서태후(西太后)는 특히 경극을 좋아하여 광서 9년(1883)으로부터 선통 3년(1911)에 이르는 기간에 82명의 경극의 명배우들을 궁전으로 불러들인다. 서태후는 직접 배우 차림을 하고 배우들과 어울리어 창을 하며 춤을 추기도 하였다 한다. 이때 배우들은 극진한 대우를 받아 왕계분 · 담흠배 · 손국선 등 6명의 배우가 4품의 관함을 받고, 양월루와 유간삼 두 배우는 5품의 관함을 받았다 한다. 『승평서당안(昇平署檔案)』에 의하면 광서 9년(1883)부터 선통 3년(1911) 사이에 궁정으로 들어와 경극을 연출하고 지도한 명배우들로 담흠배 · 양월루 · 손국선 · 왕요경 등 150여 명의 이름이 기록되어 있다.

 이 시대의 명배우인 담흠배(1847-1917)는 후베이(湖北) 사람이며, 그의 아버지 담

▲ 손국선이 평복을 입고 있는 사진

지도(譚志道)도 노단(老旦) 역할 전문의 배우로 창하는 목소리가 고음이어서 규천자(叫天子)[48]라는 별명으로 유명하였다. 그 때문에 담흠배는 뒤에 배우가 된 다음 예명을 소규천(小叫天)이라 하였다. 담흠배는 어려서부터 배우 수업을 하고 16세 되는 해에 삼경반(三慶班) 소속으로 공연을 시작하였다. 그는 정장경을 스승으로 모시면서 선배들의 창법까지도 공부하여 그들의 장점을 모두 흡수 새로운 자신의 창강(唱腔)을 이루어냈다. 광서 연간에 와서는 그의 연기가 더욱 발전하여 전국에 이름을 떨치는 명배우가 되었다. 담흠배는 한동안 '무생' 역할도 한 덕분에 창을 위주로 하는 '노생' 역할 뿐만이 아니라 빼어난 무술과 몸동작을 필요로 하는 무노생(武老生) 역할도 무난히 해내어 문무를 아우른 배우라는 칭송을 받았다.

▲ 담흠배가 조복(曹福)으로 분장한 모습.

광서 13년(1887)에 그는 동경반(同景班)이라는 희반을 조직하였는데 그 희반에 '단' 각색으로 전계봉(田桂鳳), '무생' 각색으로 양소루(楊小樓), 화검(花臉)으로 황윤보(黃潤甫) 같은 명배우들이 들어와 활약하였다.

48) 규천자(叫天子)는 높이 날아다니며 높은 소리로 울음소리를 내는 새의 이름.

광서 16년(1890)에는 궁중의 승평서로 들어가 내정공봉(內廷供奉)이 되었고 사품의 관함을 제수받았다. 특히 서태후의 칭찬을 받아 담흠배는 명성을 더욱 떨쳤으며, '노생삼걸' 중에서도 우두머리로 '배우의 왕'이란 칭송까지도 받았다. 뒤에 갑자기 병으로 죽자 그의 상여가 나갈 적에는 1000여 명이 장례 행렬에 참여하였다 한다.

왕계분(1860-1906)은 안후이 사람이며 '삼경반'에서 정장경의 창에 호금으로 반주하는 일을 하다가, 정장경이 죽은 뒤에 배우로 나섰다. 그는 춘대반(春臺班)을 이끌었고 서태후에게 불려 들어가 내정공봉이 되고 사품의 관함을 받기도 하였다. 직계 제자로 왕봉경(汪鳳卿, 1883-1956)이 나왔다.

손국선(1841-1931)은 톈진(天津) 출신으로 경극을 좋아하여 상하이에서 아마추어 배우로 경극과 인연을 맺었다. 뒤에 베이징으로 가서 정장경을 스승으로 모시고 사희반(四喜班)에 들어가 정식 배우 활동을 시작하였다. 타고난 목소리가 크고 우렁차서 손대상(孫大嗓)이란 별명이 있었다.

'노생삼걸'과 비슷한 시기에 활동한 노생 배우로 왕소농(汪笑儂. 1855-1918)이 있다. 그는 만주 사람으로 과거에 급제한 뒤 허난(河南) 타이캉(太康)의 지현(知縣)이 되었으나 벼슬을 버리고 배우가 되었다. 그는 정장경·손국선·담흠배를 스승으로 모시고 연기를 닦았다.

왕소농은 어려서부터 착실히 공부를 하여 시와 글을 잘 썼고 그림도 잘 그렸다. 따라서 배우 노릇을 하는 한편 자신이 경극을 편극도 하고 연출도 하였다. 1957년 중국희극출판사에서 펴낸 『왕소농희곡집』에는 모두 18종의 작품이 수록되어 있는데, 이는 그가 편극한 전

▲ 왕소농이 기신(紀信)으로 분장하여 공연하는 사진

체 작품의 반수 정도라 한다. 그 리고 경극의 개량에도 많은 성과를 올렸다. 그는 이런 성과를 바탕으로 이른바 상하이의 해파(海派)의 경극을 이룩하고 그를 이어 조우신팡(周信芳)이란 대배우가 나왔다.

이들 이외에도 이 시기에 '노생'으로 양월루(楊月樓, 1848-1889)가 있는데, 정장경의 뒤를 이어 극단 삼경반을 이끌기도 하였다. 특히 손오공 연기를 잘하여 양원숭이(楊猴子)라는 별명으로 유명했다. 그 밖에도 '무생' 역에 뛰어난 유국생(俞菊笙, 1839-1914)·황월산(黃月山, 1850-1900)·이춘래(李春來, 1855-1925) 등이 나와 사대명가(四大名家)라 불릴 정도로 각기 무술 연기에 뛰어난 연기를 보여주어 서로 다른 유파를 이루었다.

이 시기의 여주인공인 청의(靑衣) 역 배우로는 만주족인 진덕림(陳德霖, 1862-1930)이 있는데 빼어난 창으로 유명하였고, 특히 50세가 넘어 인기를 얻은 명배우이다. 그에 앞서 시소복(時小福)과 여삼승(余三勝)의 아들인 여자운(余紫雲, 1855-1899) 같은 배우가 비교

적 뛰어난 연기로 활약하였다. 메이란팡
(梅蘭芳)의 할아버지 매교령(梅巧玲,
1842-1882)도 이 시기에 활약하면서
'단'의 역할을 발전시켰다. 이들보다 약간
뒤에 왕요경(王瑤卿, 1881-1954)이 나와
우아하고 아름다운 여인의 몸짓에 빼어난
창을 겸하는 '청의'의 연기를 개발하였다.
그는 곧 연극계에서 '청의'의 인기가 상승
하게 되는 터전을 마련한 셈이다.

이 시기에는 이상 소개한 명배우 이외에
도 화검(花臉)이라고도 하는 정(淨) 역할
로 전금복(1862-1937)·김수산(金秀山,
1855-1915)·황윤보 등이 활약하였고,

△ 경극 「분하만(汾河灣)」에서 담흠배는 설인귀
(薛仁貴), 왕요경은 유영춘(柳迎春)으로 분장
하여 공연하는 사진.

축(丑) 역의 배우로는 왕장림(王長林)·장흑(張黑)·나백세(羅百歲)
등이 이름을 날렸다.

앞에서 얘기한 것처럼 청나라 초기부터 이미 중국 사람들은 미친
듯이 연극에 빠져들고 있었지만 건륭 이후로는 더욱 위아래 사람들
모두가 정신을 잃은 듯이 경극 또는 희곡을 좋아하게 되었다. 경극이
전성기로 접어든 광서 연간에는 베이징 시내에만도 희원(戱院) 40여
개가 있었고 희반 50여 개가 활약하고 있었다 한다.[49]

49) 손숭도(孫崇濤)·서굉도(徐宏圖) 공저, 『희곡우령사(戱曲優伶史)』, 문화예술출판사
1995, 의거.

▲ 조우신팡이 서책(徐策)으로 분장한 모습의 그림

▲ 왕요경이 공연하는 모습

▲ 조우신팡이 서책으로 분장한 모습

이 시기에 백성들은 시중의 극장(酒館, 茶園, 戲院 등)에 가 입장료를 내고 경극을 구경하는 이외에도 사대부며 가난한 농민들이 모두 일정한 연극을 즐기는 기회가 일 년에 여러 번씩 있었다.

귀족이나 고관 또는 부자들은 흔히 자기 집에 손님들을 초청하여 집안에서 연극을 공연하면서 술을 대접하였다. 자기 집에 희대가 없고 자기의 희반이 없는 사람은 집안에 가설무대를 만들어놓고 밖의 희반을 불러들여 경극을 공연케 하였다. 그리고 새해가 되거나 특별한 일이 있을 때면 여러 기관이나 단체에서는 모두 희대가 있는 큰 회관이나 넓은 묘당 또는 호텔 등을 빌려 단배(團拜)를 하였는데, 단배는 언제나 경극의 공연을 위한 것이었다. 단배는 정부의 큰 기관이나 관청뿐만이 아니라 그 밖의 큰 모임으로 여러 성(省) 동향 사람들이 모이는 단배와 동년(同年)[50]이 모이는 단배 등이 있었다. 이러한 개인 집안에서의 연극 공연과 단배의 연극 공연을 당회(堂會)라 불렀는데 희반에 지불하는 보수가 평상시의 2배 정도였다 한다.

그 밖에 상공업을 하는 사람들도 여러 직종끼리 따로 모여 새해를 축하하거나 특별한 일을 축하하는 단배 경극 공연 모임을 가졌는데 전국에 수십 처가 넘는 단배에 쓰이는 그들의 회관이 있었다, 이 회관은 단배 이외에도 수시로 자기들끼리 모여 경극을 공연케 하고 구경하며 즐기는 곳이다. 이들은 돈이 많은 부자들이라 여기서의 희반

---

50) 당시(唐詩) 송시(宋詩) 등에 보이는 동년(同年)은 나이가 같은 사람이 아니라 과거에 함께 급제한 사람들을 가리키는 말이다. 여기에서도 향시(鄕試)나 회시(會試)에 같은 해 급제한 사람들을 말한다.

▲ 청대 다원(茶園)의 경극 공연 모습

에 대한 보수는 다른 곳보다도 월등 많았다 한다. 공식적으로도 희반에 대한 수요가 이처럼 많았으니 경극은 성행되지 않을 수가 없었을 것이다.

청 말엽 오도(吳燾)는 『이원구화(梨園舊話)』에서 자신이 경험한 당회에 대하여 다음과 같은 기록을 남기고 있다.

"나는 비록 생일잔치의 연극에 참여한 적은 없지만 당회의 연극은 해마다 반드시 2,30 차례는 구경하였다. 연초에 시무식을 한 뒤로는 각 과와 각 성과 각 관청에서 단배를 하며 연극을 하지 않는 곳이 없었다. 각 성의 독무(督撫)와 제진(提鎭)의 두 관원이 베이징으로 오면 같

▲ 청대 묘봉산(妙蜂山)에서의 묘회 그림

은 고향 사람들과 그들 밑의 베이징 관리들이 역시 연극과 술로서 잔치를 벌이었다. 회시(會試)가 열리는 해에는 각 성의 새로운 거인(擧人)들이 베이징에 도착하면 모두가 관계 관원들을 공식 초청하여 연회를 열었다.”

경극의 전성기에는 황실과 귀족이나 사대부들뿐만이 아니라 농촌이나 도시의 먹을 것을 걱정해야 하는 가난한 사람들까지도 연극에 빠져들었다. 농촌에는 거의 동리마다 있는 신묘(神廟)에서 신에게 제사를 드릴 적에 연극과 함께 여러 가지 놀이를 즐겼다. 이러한 민간의 제사활동을 묘회(廟會) 또는 새신(賽神)이라 하였다. 지방에 따라 이러한 묘회를 사화(社火)라고도 부르고 거기서 공연되는 연극을 사희(社戲)라고도 한다. 사(社)는 본시 토지신 또는 토지신의 묘당을 뜻하는 말인데, 지역에 따라서는 토지묘와는 관계도 없이 제사활동이 행해지는 일정한 구역 명칭처럼 쓰이는 곳도 있다. 곧 토지묘가 아닌 다른 신묘에서 행해지는 제사활동도 ‘사화’라 부르기도 한다는 것이다.

이러한 농촌의 신묘는 이미 송나라 때부터 일반화 되어 있었다. 그리고 원·명·청으로 이어지면서 이러한 농촌의 묘희는 더욱 발전하였다. 그리고 묘희는 그 시대에 유행한 그 지방의 연극이 주로 공연되었음으로 근세에 와서는 경극과 자기 지방의 지방희가 공연의 중심을 이룬다. 보기로 진굉모(陳宏謀)의 『배원당우존고(培遠堂偶存稿)』문격(文檄) 권45의 기록을 인용한다.

▲ 청대 농촌에서 경극을 공연하는 모습

"군중이 모여 새회(賽會)를 하고 모여서 신에게 제사를 드리는 것은 농사를 그르치고 재물을 낭비하여 오랜 동안 위의 명령을 받들어 널리 행사를 삼가라고 권하여 왔다. 강남에서는 신령에게 아첨하며 귀신을 믿는 폐해가 매우 심각하다. 매번 신의 생일날이라 하여 채색 등불을 밝히고 연극을 한다. 골동품이나 희귀한 물건들을 진설하기 위하여 십여 개의 탁자를 늘어놓고, 백희의 재주를 부리며 갖가지 노래를 번갈아가며 이어 부른다. 또 신묘 위에서 몸을 던지는 재주를 부리는데 그것을 집역(執役)이라 하며, 목에 칼과 쇠사슬을 두르고 하는 놀이를 사죄(赦罪)라고 한다. 신상(神像)을 메고 거리를 돌아다니고 향로, 정자, 깃발, 우산 등을 모두 아름답게 갖추어 놓고 누각 위에서 잡극을 하는 사람들은 치장을 하는데 정성을 다한다. 오늘은 어떤 신이 나와 돌아다니고 내일은 어떤 신묘에 굉장한 묘회가 있다고 하면서 남녀가 몰려다니는데 수백 리 수십 리 안 사람들 노누가 미친 것 같다. 한 번 묘회를 하는 비용이 천금이나 되는데 일 년 중에 몇 번의 묘회가 열린다."

가난한 2·30호의 작은 마을에서는 돈을 내고 큰 마을에 붙어 묘회를 함께 한다.

가난한 도시의 서민들도 연극에 정신없이 매달렸다. 이슌띵(易順鼎, 1858-1920)은 청말 민국 초 베이징 시내의 가난한 사람들이 모여 사는 톈챠오(天橋) 지구[51]의 경극을 연출하는 극장과 배우 및 관중

---

51) 톈챠오는 베이징 외성(外城) 영정문(永定門) 안 천단(天壇) 동쪽 지역. 옛날부터 민중오락장 노점 등으로 유명해 가난한 사람들이 살던 곳. 지금도 천교상장(天橋商場)이 있다.

○ 베이징 거리에서 일반 사람들이 경극을 공연하는 모습 ○

들의 모습을 노래한 「천교곡(天橋曲)」 10수를 짓고 있는데 앞머리에
다음과 같은 서문을 달고 있다.

"텐챠오는 수 10 보(步) 넓이의 땅인데, 거기에 남희원(男戱園) 2집,
여희원(女戱園) 3집, 악자관(樂子館) 3집, 여악자관(女樂子館) 또 3집이
있다. 연극 관람료는 3매(枚)이고, 찻값은 겨우 2매이다. 희원이나 악
자관은 나무 시렁을 엮고 자리를 깔아 만들었고, 떠돌아다니는 사람들
이 개미떼 같았는데 가난한 사람들이 대부분이다. 악자관은 내부가 약
간 깨끗하고 떠돌아다니는 사람들도 적다. 펑펑시(馮鳳喜)라는 자가 매
력이 있어 인기가 있다. 이전 청나라 때부터 북경의 가난한 백성들은
생계가 날로 어려워져서 떠도는 백성들이 날로 늘었다. 가난한 사람들
이 재주를 팔아 영업을 하는 장소에 부자들은 오지 않는다. 그래서 가
난한 사람들이 재주를 팔아 영업을 하여 올리는 수득은 모두가 가난한
사람들의 재물이다. 나는 이뿐 날렵한 사람들도 보았지만 불쌍한 처지
의 사람들도 보았는데, 그러나 이뿐 날렵한 자들도 모두가 결국은 불
쌍한 자들이다. 나와 함께 떠돌아다니는 자들도 불쌍한 자들이다. 여
기까지 쓰다 보니 나는 울음이 터지려 한다."

귀족이나 부자들뿐만이 아니라 생계가 막연한 가난한 사람들까지
도 모두가 경극에 빠져 있었다. 밥을 굶으면서도 연극 구경은 해야
했던 모양이다.

(4) 중화민국 시대의 경극(1912-1948)

1911년 신해혁명(辛亥革命)이 일어나 중화민국이 수립되고 나라는
무척 어지러웠지만 경희는 여전히 전국의 큰 도시를 중심으로 발전
을 유지한다. 민국으로 들어와 조정과 관청의 단배는 없어졌으나 부
자나 고관들의 당회와 여러 기관이나 단체의 당회는 이전보다도 더
성행하였다 한다. 특히 1911년부터 1918년 무렵에 이르는 시기는 베
이징 당회의 전성기라 할만한 시대였다 한다. 각 기관의 총장·차
장·부장 및 은행의 총재·주임·행장 같은 사람들의 생일날에는 반
드시 축수를 위한 경극 공연을 하였다. 자기 생일의 연극 공연을 꺼
리는 우두머리는 자기 아버지나 어머니의 생신날을 가려 당회를 벌
이었다. 참석한 손님들에게는 생일 선물까지 돌렸으니 이 당회에 소
비된 금액은 막대하다. 그리고 동향사람들의 모임과 동년들이 모이
는 당회는 그대로 유지되고 있었다. 그러니 경극은 중화민국이 되어
서도 여전히 성행한 것이다. 이때 당회를 통하여 엄청난 돈을 벌었던
배우가 메이란팡(梅蘭芳)이라 한다.[52]

이 시기에는 경희의 여자 주인공인 청의의 역할로 이름을 크게 떨
친 사대명단(四大名旦)이라 칭송되던 메이란팡(1894-1961)·슌헤이
셩(荀慧生, 1900-1961)·샹샤오윈(尚小雲, 1900-1958)·청이엔치
우(程硯秋, 1904-1958)라는 명배우가 나와 어지러운 시국에도 불구
하고 경희의 성행을 이끌었다.

---

52) 이상 기록 치루샨(齊如山) 『오십년래적국극(五十年來的國劇)』 제5장 각계의 국극에
　　대한 협조 의거.

▲ 메이란팡이 「태진외전(太眞外傳)」에서
양귀비로 분장한 모습.

▼ 청이엔치우가 「회형주(回荊州)」에서
손부인(孫夫人)으로 분장한 모습.

▲ 메이란팡이 경극 「낙신(洛神)」에서 낙하(洛河)의 여신인 낙신으로 분장한 모습. 「낙신」은 삼국시대
조식(曹植, 192~232)의 「낙신부(洛神賦)」를 바탕으로 편극한 것이다.

　　본시 당나라 현종(玄宗)의 음악 연예 기관인 이원(梨園)이나 송·
원·명대의 무대에는 여자 배우나 연예인들도 있었다. 그러나 청나
라 때 경극의 바탕이 이룩된 시기의 건륭황제는 풍기가 문란해진다
는 이유로 여자들이 무대에 오르는 것을 금하여 연극을 공연할 적에
여자 역할도 남자가 맡는 수밖에 없었다. 그 결과 민국 초기에 이르
러는 경극에 '사대명단(四大名旦)' 같은 여자들보다도 더 멋있는 창과
몸짓으로 얘기 속의 미녀를 무대 위에서 연기하는 남자 명배우들이
나오게 된 것이다. 그러나 민국 이후로는 여자 배우에 대한 견제도
풀리어 여자 배우들의 활동도 늘어났다. 그럼에도 불구하고 여자 배
우들 중에는 이들 여자 주인공 역할을 하는 남자 배우들에 비길만 한
명성을 얻은 이가 없다. 신기한 일이다.

　'사대명단' 중에서도 중국뿐만이 아니라 온 세계 연극계에 명성을
떨친 배우가 메이란팡이다. 메이란팡이란 배우의 활약상만 살펴보아
도 중화민국 이후 시기의 경극이 얼마나 성행하고 어떻게 발전하였
는가 짐작할 수가 있다. 여기서는 이 시기의 경극 성행의 모습을 메
이란팡이란 명배우의 활동을 통하여 짐작토록 하려 한다.

　　그의 할아버지와 아버지가 모두 곤곡과 경극의 여자 주인공인
'단' 역의 배우인 배우 집안에 태어났다. 9세부터 배우 수업을 시작
하여 11세에는 무대에 올라 공연을 시작했다. 그는 공연 활동을 하면
서도 갖가지 연기를 갈고 닦아 재주가 날로 발전하여 민국 초(1912)
18세에는 이미 '청의'의 명배우가 되었다. 메이란팡은 배우 역할 이
외에도 경극 배우들의 얼굴 화장이며 장식과 복장 및 연기 등에 대하
여도 불합리한 점들을 개량하는데 노력하여 적지 않은 성과를 올렸

다. 그리고 그 시대의 옷을 입고 무대에 오르는 시장희(時裝戲)[53]에도 많은 관심을 가지고 출연하였다. 메이란팡은 경극의 청의 배우로 전국에 대단한 명성을 누리게 되었다.

1919년과 1924년 두 번 일본에 극단을 이끌고 가서 도쿄(東京)·오사까(大坂) 등지에서 경극을 연출하여 열광적인 환영을 받았다. 1930년에는 미국으로 건너가 6개월이나 머물면서 워싱턴·뉴욕·시카고·샌프란시스코·로스앤젤레스 등지의 극장에서 60여 차례나 공연을 하였다. 이때 찰리 채플린을 여러 차례 만나고 많은 헐리우드 배우들도 만났다. 다시 1935년에는 소련으로 가서 모스크바·레닌그라드에서 공연을 하고 콘스탄틴 스타니슬라부스키와 베르톨트 브레히트 같은 연극 전문가들과도 교류하였다.

이때 그가 나라 안팎에서 이름을 날린 경극은 『천녀산화(天女散花)』·『대옥장화(黛玉葬花)』·『귀비취주(貴妃醉酒)』·『낙신(洛神)』·『천금일소(千金一笑)』 등 역사적인 미녀나 선녀가 주인공인 작품이다. 메이란팡은 중국의 역사작인 미녀 또는 전설적인 아름다운 선녀들의 멋지고 매력적인 젊은 여주인공 역할을 창과 몸놀림으로 연기해 냈던 것이다.

1931년 9·18 사변 이후 만주 땅을 일본이 점령하였을 적에는 상해로 가서 항일을 고무하는 연극을 공연하였고, 1937년 중·일전쟁이 일어나자 그는 홍콩으로 가서 무대에 오르지 않았다. 일본군이 그

---

53) 시장신희(時裝新戲)라고도 하며 청장희(淸裝戲)와 양장희(洋裝戲)로 구분하기도 한다.

▲ 조우은라이 수상이 경극 공연을 구경한 뒤 메이란팡과 함께 배우들을 만나고 있다.

에게 경극을 공연해 주기를 강요하였으나 그는 수염을 기르고 '청의' 역할을 더 이상 할 수가 없다고 강변하며 끝내 일본군의 공연 요구에 응하지 않아 중국 사람들의 칭송을 받았다. 1945년 이차세계대전이 끝나자 그는 다시 무대생활을 시작하였다.

1949년(56세) 중화인민공화국이 성립한 해에는 중국 제1차 문예학술계 대표대회에 참석하고, 마오쩌둥(毛澤東) 주석과 조우은라이(周

🔺 명대 탕현조(湯顯祖, 1550~1617)의 전기(傳奇) 「모란정기(牡丹亭記)를 경극으로 연출한 「유원(游園)」
에서, 여주인공 두려낭(杜麗娘)으로 분장한 메이란팡이 하녀 춘향(春香)으로 분장한 그의 아들 메이
바오찌우(梅葆玖)와 공연하고 있다.

▲ 메이란팡의 아들 메이바오찌우가 경극 「패왕별희(覇王別姬)」에
서 우희(虞姬)로 분장하고 있다.

恩來) 총리를 회견하였다. 1950년에는 전국인민대표대회 대표, 중국
문학예술계연합회 전국위원회 위원, 중국희극가협회 이사회 주석단
위원이 되었다. 그리고 중국희곡연구원·중국희곡학원 등의 원장도
역임하였다. 1952년(59세) 봄에는 극단을 이끌고 북조선에 가서 한
국전쟁에 참전하고 있는 중국인민지원군 위문공연을 하였다. 12월에

는 비엔나에서 열린 세계평화대회에 참석하고 귀국 도중 모스크바와 레닌그라드에 들려 경극 공연을 하고 소련 예술계 인사들을 만났다. 1953년 연말에는 제3차 부조위문단(赴朝慰問團) 부단장으로 북한에 가서 공연을 하고 김일성·최용건 등을 만났다. 1955년에는 중국경 극원이 성립되고 그 원장을 맡았다.

▶ 1953년 메이란팡이 위문단을 이끌고 조선으로 건너와 개성 (開城)에서 위문 공연 을 마치며 찍은 사진.

1956년(63세) 5월에는 다시 한 번 일본에 가서 근 2개월 동안 일본 각지를 돌면서 공연을 하였는데 가는 곳마다 성황을 이루었다. 교토(京都)에서는 입장료가 1500원〔입장료가 비싸다는 일본의 전통극 가무기(歌舞伎)도 1000원 넘는 일은 없다고 한다〕이었는데도 공연 10여일 전에 표가 매진되는 열광적인 반응이었다고 한다.[54] 1960년에는 중국문련(中國文聯) 부주석, 중국극협(中國劇協) 부주석이 되었다. 그리고 1961년 68세 되던 해 5월에 중국사회과학원에서 연구원들을 위하여 「목계영괘수(穆桂英挂帥)」를 공연하고 8월에 병이 나서 죽었다.

이상 메이란팡의 생애를 통하여 중화민국 이후에도 경극이 상당히 성행되었음을 알 수 있었으리라고 믿는다. 중화인민공화국 시대의 경극은 뒤에 따로 쓴 예정이다.

---

54) 요시가와고지로우(吉川幸次郎)『閑情の賦』梅蘭芳その他 참조.

3

경극의 배우 및 특징

3. 경극의 배우 및 특징

1) 경극의 배우와 각색(行當)

경극에 출연하는 배우들은 자신이 연극에서 맡는 역할에 따라 일정한 몇 가지 각색으로 나누어진다. 경극에서는 이를 항당(行當)이라 부른다. 경극의 항당은 우선 생(生)·단(旦)·정(淨)·축(丑)의 네 종류로 크게 나누어져 이를 사대항당(四大行當)이라고 부른다.

'생'은 남자 각색이다. '생'에는 다시 중년 이상의 올바른 남자인 현명한 재상·충신·학식이 많은 장수·학자 등의 역할을 하는 노생〔老生, 혹은 수생(鬚生)〕, 멋있고 젊은 남자 역할을 하는 소생(小生), 무술을 잘하는 영웅·용사·협객 등의 역할을 맡는 무생(武生), 주로 관공희(關公戲)에서 얼굴을 붉게 칠하고 나와 관우(關羽)로 분장하는 홍생(紅生), 뜻을 잃은 서생 역할 등을 하는 궁생(窮生), 어린 아이 역할을 맡는 왜왜생(娃娃生) 등이 있다.

'단'은 여자 각색이다. '단'에는 다시 젊거나 중년의 바르고 착한

▲ 노생

▲ 고파노생(무생의 일종임)

▲ 홍생의 관우와 정역의 주창(周倉)

▲ 소생

여자나 절부와 열녀 등의 역할을 맡는 청의(靑衣), 천진하고 활달한 젊은 여자나 기녀 같은 역할을 하는 화단(花旦), '청의'와 '화단'의 장점을 합쳐놓은 것 같은 여자인 시녀나 부인 같은 역할을 맡는 화삼(花衫), 무술을 잘하는 여인의 역할을 맡는 무단(武旦), '화단'의 역할과 '무단'의 역할을 겸하여 연출하는 도마단(刀馬旦), 할머니 역할을 맡는 노단(老旦), 독한 여자나 악한 여자 역을 주로 맡는 채단(彩旦) 등이 있다.

'정'은 성격이 특출하고 보통 사람들보다는 뛰어난 행동을 하는 역할로, 얼굴에도 분장하는 인물의 성격에 따라 독특한 짙은 화장을 한다. 일반적으로 대화검(大花臉)이라 부르기도 하는데, 보기를 들면 『삼국지』에 나오는 성질이 거칠고도 곧고 과격한 장비(張飛)나 성질이 음험하고 간사하면서도 능력이 뛰어난 조조(曹操) 같은 인물들이다. 충신이나 간신 또는 착한 사람이나 악한 사람을 막론하고 보통 사람들보다는 성격이 무척 독특한 사람들을 분장한다.

'축'은 소화검(小花臉)이라고도 부르며 우스갯짓을 전문으로 하는 역할이다. 코와 눈언저리에 흰색으로 우스꽝스러운 화장을 한다. '축'은 다시 사람들을 점잖게 웃기는 문축(文丑)과 재주를 부리고 무술도 하면서 몸을 움직이어 웃기는 무축(武丑)으로 크게 나누어진다.

이상 네 종류의 경극 각색은 여기에서 소개한 이외에도 다시 여러 종류로 나누어진다. 보기로 '생'만을 들어보면 크게 노생·홍생·소생·무생·궁생·왜왜생 등 이외에도 다시 '노생'은 문노생(文老生)과 무노생(武老生)으로 나누어지는데, '문노생'은 다시 창을 잘해야 하는 창공노생(唱工老生)·몸놀림을 잘해야 하는 주공노생(做工老

▲ 청의　　　　　　　▲ 도마단　　　　　　　▲ 화삼

▲ '정'인 항우의 숙부 항백(項伯)

▲ 문축

▲ 무축

🔺 홍생(관우)

◀ 조조
얼굴 바탕색이 흰색이어서 오른쪽
관우의 빨간 얼굴과 대조가 된다.

▲노단

◀화단

■ 여자 주인공인 청의는 보통 윗 저고리 색깔이 푸른색이라 하여 붙여진 이름인데 노란 색깔의 옷을 입는 경우도 있다. 패왕별희의 우희(虞姬) 같은 경우이다.

生)·대화에 주력해야 하는 염공노생(唸工老生)으로 나누어지며, '무노생'은 창과 무술을 다 잘해야 하는 고파노생(靠把老生)·무술을 잘해야 하는 장고노생(長靠老生)과 단타무생(短打武生)으로 분류된다. 다시 '고파노생'은 갑옷인 고(靠)의 색깔에 따라 홍고(紅靠)·황고(黃靠)·녹고(綠靠)·백고(白靠)·자고(紫靠)·흑고(黑靠)로 나누어져 그 갑옷을 입은 인물의 신분과 성격을 나타낸다. 세상에는 온갖 종류의 사람들이 살고 있음으로, 경극의 항당에는 자세히 분류하고 보면 그 종류가 많아질 수밖에 없다. 이처럼 '단'·'정'·'축'도 더욱 여러 가지로 분류할 수가 있다는 것이다.

그리고 경우에 따라 여기에 소개한 '생'·'단'·'정'·'축' 이외에 말(末)·외(外)·부(副)·잡(雜)·무(武)·유(流)를 보태어 10종의 항당으로 분류하는 경우도 있다. '말'은 본시 원대의 잡극에서는 남자 주인공 역할이었으나 후세로 오면서 지위가 낮아져 경극에서는 집안에서 잡일이나 하는 낮은 지위의 남녀를 가리지 않는 항당이 되었다. '외'는 대체로 흰 수염을 단 바른 성격의 노인 역할, '부'는 여러 가지 항당에서 다시 이차적인 지위에 있는 인물 역할, '잡'은 심부름꾼·수레몰이·뱃사공 등 잡일을 맡은 사람 역할, '무'는 영웅이나 장수들 밑의 병사들 역할, '유'는 무기를 들지 않은 병정이나 시종 역할을 하는 항당이다.

▲ 청대 궁중 승평서의 배우 그림

　각색은 등장인물의 신분이나 성격 또는 그들이 갖추어야 할 연기
에 의하여 결정된다. 경극에 있어서의 가장 중요한 연기로는 노래인
창과 무술 또는 잡기가 있다. 이들 각색은 모두 독특한 얼굴 화장과
복식 및 장식이 있고, 그의 각색에 맞는 여러 가지 연기를 할 줄 알아
야만 한다. 경극의 각색은 복잡하지만 배우에 따라 자신이 가장 잘
하는 자기의 전문 각색이 있게 마련이다.

2) 배우들의 얼굴 화장(臉譜)과 옷·치장(行頭) 및 소도구 (砌末)

외국 사람들이 경극을 볼 적에 가장 먼저 놀라는 것은 등장하는 배우들의 짙은 얼굴 화장이다. 배우들 중 '생'의 일부와 '단'에 속하는 사람들은 그래도 대부분 짙기는 하지만 자기가 맡은 역할에 어울리는 사람 얼굴 모양 그대로의 화장을 하지만 '정'과 '축'에 속하는 배우들은 분장하는 인물에 따라 빨강·파랑·검정·노랑·흰색·금·은 등의 색깔을 써서 이해하기 어려운 무늬의 짙은 칠을 하여 사람의 얼굴 같지 않은 모양의 화장을 하는데, 이를 검보(臉譜)라 부른다.

타이완의 국극학회(國劇學會)에는 다음과 같은 수의 옛날에 그려진 '검보'가 보관되어 있다고 한다.[55]

원나라 때의 검보 100여 종.
명나라 때의 검보 90여 종.
청나라 초기 곤강(崑腔)·익양강(弋陽腔) 검보 30여 종.
청나라 건륭 때의 궁 안에서 쓰던 검보 100여 종.

대체로 중국의 전통희곡이 갑자기 규모가 큰 연극으로 변한 뒤 원나라 때에 잡극이 유행하면서 검보는 생겨난 것 같다. 그러나 검보는 청나라 때에 경극이 발전하면서 더욱 발전하고 복잡해졌다.

---

55) 치루샨『오십년 이래의 국극(五十年來的國劇)』P.67 및 『국극예술휘고(國劇藝術彙考)』P.242 참조.

Ⓐ 적복수(赤福壽)

Ⓐ 맹량(孟良)

Ⓐ 강유(姜維)

Ⓐ 뇌서(雷緒)

◇이상 붉은색이 바탕을 이룬 얼굴 화장을 한 이들은 충성스럽고 바르고 용감한 성격의 사람들이다.

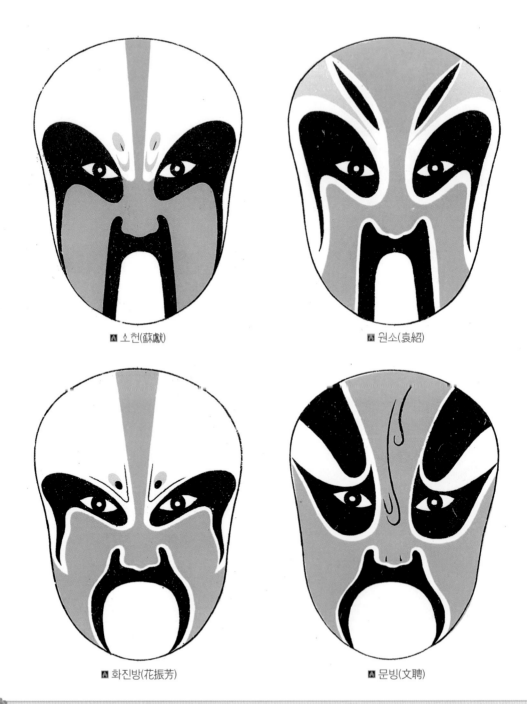

▲ 소 헌(蘇獻)

▲ 원소(袁紹)

▲ 화진방(花振芳)

▲ 문빙(文聘)

○이상 분홍색이 바탕을 이룬 얼굴 화장을 한 이들은 올바른 성격을 지녔으면서도 나이가 늙어 노쇠한 사
람들이다.

🅐 상우춘(常遇春)

🅐 위연(魏延)

🅐 비덕공(費德恭)

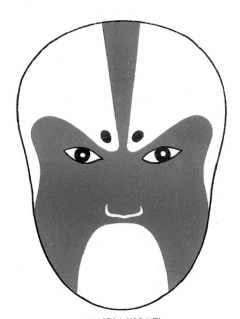

🅐 서연소(徐延昭)

◇자주빛이 바탕을 이루는 얼굴 화장을 한 이들은 붉은색 얼굴의 사람들보다 얌전하거나 성격이 과감하
면서도 올바른 검은색을 바탕으로 한 얼굴의 사람이 약간 늙은 경우와 같은 사람들이다.

△ 양칠랑(楊七郞)

△ 김올출(金兀朮)

△ 소보동(蘇寶童)

△ 장비(張飛)

○이상 검은색이 바탕을 이루는 얼굴 화장을 한 이들은 우직하고 과감한 성격의 사람들이다.

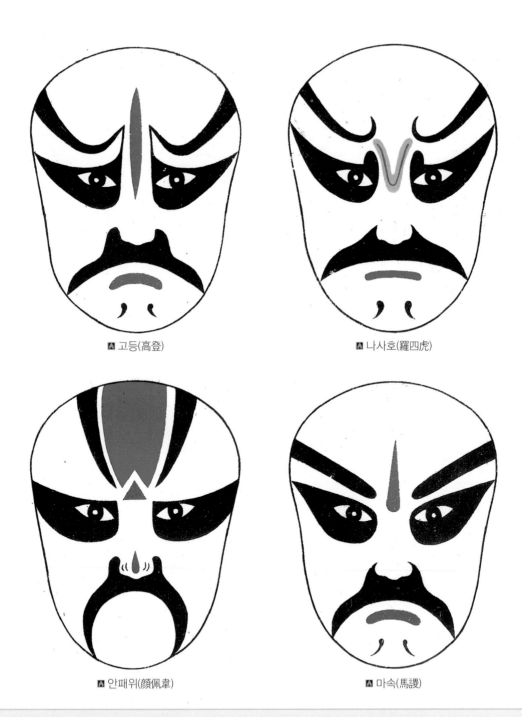

🔺 고등(高登) 🔺 나사호(羅四虎)

🔺 안패위(顏佩韋) 🔺 마속(馬謖)

○이상 흰색이 바탕을 이루는 얼굴 화장을 한 이들은 간악하고 음험한 성격의 사람들이다.

🔺 삭초(索超)

🔺 사호(謝虎)

🔺 두이돈(寶爾墩)

🔺 주온(朱溫)

◇이상 청색이 바탕을 이루는 얼굴 화장을 한 이들은 검은색 얼굴의 사람들 보다도 더 거칠고 사나운 사람들이다.

🅐 희료(姬僚)

🅐 서세영(徐世英)

🅐 마무(馬武)

🅐 손오공(孫悟空)

◌이상은 여러 특수한 인물들의 복잡한 검보이다.

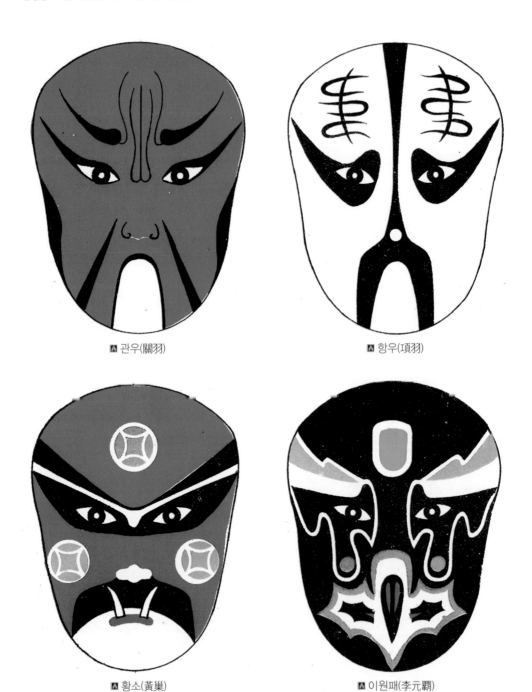

🔺 관우(關羽)

🔺 항우(項羽)

🔺 황소(黃巢)

🔺 이원패(李元霸)

◌ 이상은 경극에서 독특한 성격을 지닌 사람들의 개성적인 검보이다.

지금 쓰이고 있는 경극의 검보 종류는 무척 많다. 장뻐찐(張伯謹)이 편찬한 『국극의 검보(國劇之臉譜)』에 실려 있는 경극의 검보 수가 500종 가까이 된다. 등장인물의 성격에 따라 색깔과 모양 및 그리는 방법 등이 모두 다르다. 대체로 색깔을 보기로 들면, 검보 중에 붉은색깔 계열의 검보는 관우(關羽) 같은 충성스럽고 올바른 성격을 나타낸다. 흰색 계열의 검보는 조조(曹操) 같은 간악하고 음험한 성격을 뜻한다. 검은 색깔 계열의 검보는 장비(張飛)처럼 우직한 성격의 인물을 나타낸다. 그 밖에도 색깔이나 모양에 따라 복잡한 뜻이 담긴 검보는 더 이상 자세히 설명할 겨를이 없다. 여하튼 검보의 얼굴 모양은 사람의 것이라 믿기 어려운 정도의 짙은 색깔과 무늬로 이루어지고 있다. 여기에 첨부한 일부 중요한 검보의 그림을 보고 대체적인 성격을 파악해 주기 바란다.

그 밖에도 얼굴 화장은 등장인물의 성격에 따라 눈썹을 그리는 방법이 모두 다르고, 머리에 쓰는 가발의 종류도 무

▲ 얼굴에 칠을 하는 모습

△ 외국 여인

△ 한(漢)나라 왕소군(王昭君)의 오랑캐 복장

△ 외국 여인

△ 외국 사람들

척 많고 가짜 수염도 수십 종류가 된다. 경극의 얼굴과 머리치장은
무척 복잡하고도 다양하다는 말 밖에는 더 이상 설명할 수가 없다.
사람 이외에 신선이나 귀신과 동물의 검보는 더욱 특수한 모양이다.
보기로 경극에 가장 많이 등장하는 『서유기』의 주인공인 손오공(孫
悟空)을 이소춘(李少春)이란 배우가 분장한 사진을 아래에 싣는다.

▼ 손오공(孫悟空)

경극의 옷과 치장을 아울러 싱토우(行頭)라고 한다. 희의(戱衣)라 부르는 경극 배우들이 공연할 적에 입는 옷은 서기 기원 전 10세기의 주나라 때의 인물을 분장하든, 20세기의 청나라 때의 인물을 분장하든 모두 그 시대의 것이 아니며 언제나 비슷하다. 경극에서 쓰는 옷은 연극의 시대나 지역에 관계없이 십중팔구가 명나라 때의 의관을 바탕으로 하고 옛날의 춤 옷 형식을 가미하여 만든 특수한 것이다. 신분의 차이도 명확하지 않고 관리라 하더라도 위아래 직위가 분명치 않다. 옷은 상징적인 것이어서, 한족과 외국인 및 문인과 군인·가난한 사람과 부자·지위가 높은 사람과 낮은 사람 등 신분의 차이 따위만을 구분해 줄 따름이다. 보기를 들면 이민족의 남자라면 옷은 한족의 것과 별로 다르지 않고 배우의 머리 뒤에 호리미(狐狸尾)라 하여 여우나 삵의 꼬리를 달 뿐이다. 이는 본시 북쪽 오랑캐의 표시였을 터이나 지금은 동서남북을 가리지 않고 외국 사람이면 모두 호리미를 달기만 하면 된다. 외국 여자라면 무조건 만주족 차림으로 몸에는 치파오(旗袍)를 입고 머리 장식은 치토우(旗頭)를 하고 발에는 치세(旗鞋)를 신는다.

경극에 종사하는 사람도 정확히 '싱토우'가 몇 종류가 있는지 알지 못한다. 남녀 높은 관원들과 장군 및 임금과 황후가 입는 예복을 망포(蟒袍) 또는 용포(龍袍)라 하고, 남녀 장수가 입는 갑옷을 카오(靠)라 하는데, 망(蟒)과 카오(靠) 모두 색깔과 무늬 모양이 다른 15, 6종류의 것들이 있다. 중간 벼슬아치 이하의 관리들이 입는 관의(官衣)도 10종류 가까이 있고, 등장 관원들과 상류층 남녀가 일상적으로 입는 배자(褙子) 종류의 페이(帔)도 15, 6종류가 있다. 또 그들이 평상

복으로 입는 도포 종류에 속하는 쩌쓰(褶子)도 15, 6종류가 있고, 그 밖에도 수많은 종류의 옷이 있다. 스님·도사·귀신·동물 등이 입는 특수한 옷도 따로 있다. 그러나 대체로 규모가 큰 대도시의 극단은 10망·10카오, 가난한 시골의 극단은 5망·5카오를 옷상자 속에 갖추고 있었다 하니[56], 출연 인물들이 입는 옷의 종류에 어느 정도 융통성이 있을 수밖에 없었을 것 같다.

어떻든 경극은 청나라 궁정을 중심으로 청나라의 국세가 최고조에 달했던 건륭시대에 발전하기 시작한 것이기 때문에 옷이며 장식이 무척 화려하다. 심지어 부귀의(富貴衣)라 하여 거지가 입는 옷도 몇 가지 색깔의 천 조각을 누더기처럼 옷 위에 부치기는 하였지만 비단 옷이다. 그리고 그 옷에는 지금은 궁하

▲「생사한(生死恨)」에서 거지 처지가 된 한옥낭(韓玉娘)의 모습.

56) 치루샨『국극예술휘고(國劇藝術彙考)』제6장 싱토우(行頭) 참조.

지만 뒤에는 부하고 귀한 신분이 될 거지라 하여 '부귀의'라는 이름
이 붙여져 있다. 감옥에 잡혀있는 죄수도 긴 쇠사슬을 몸에 걸치고
있지만 입은 옷은 멋진 비단으로 만든 것이고 쇠사슬도 장신구처럼
보이는 물건이다.

◀ 「여기해(女起解)」에서 소삼(蘇三)이 감옥
에서 죄수복을 입고 쇠사슬에 묶여 있는
모양. 쇠사슬이 목거리 장식처럼 보인다.

▶ 망(蟒) 높은 신분의
사람이 입는 관복

◀ 부귀의(富貴衣), 거지의 옷

◧ 내시들이 입는 관복

▶ 보통 관복

▶ 일반 예복

◀ 팔괘(八卦)로 장식한 도사의 옷

◁ 가사(裟袈), 스님의 옷

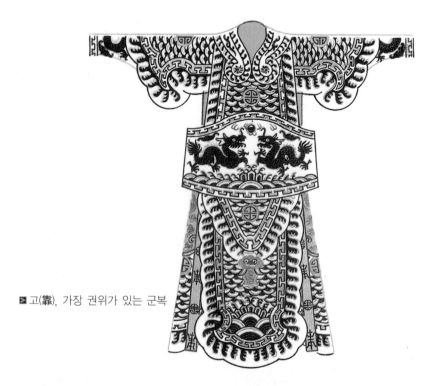

▷고(靠), 가장 권위가 있는 군복

▶ 싸울 때 입는 갑옷

◀ 일반 평복

◀ 장군들의 평소 의복

▶ 망나니가 입는 옷

▣ 높은 신분의 여자 관복

◀ 일반적인 여자 관복

◀ 궁정에서 입는 관복의 일종

▶ 양가 처녀들의 일상복

▣ 여장군의 군복

▣ 여자가 입는 군복

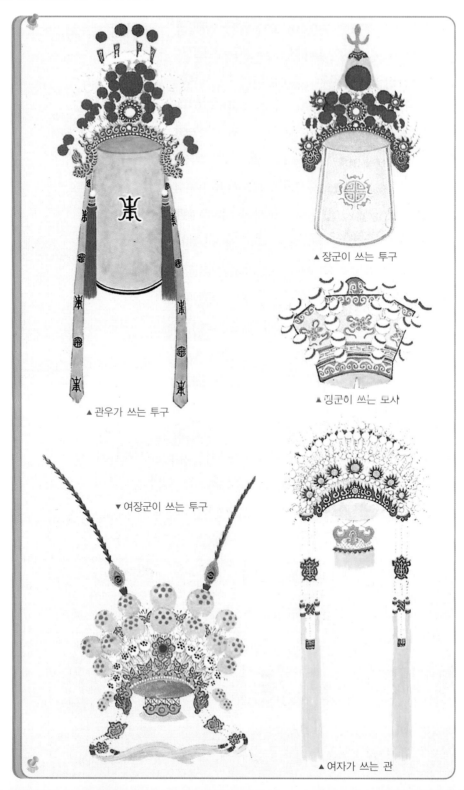

▲ 장군이 쓰는 투구

▲ 징군이 쓰는 모사

▲ 관우가 쓰는 투구

▼ 여장군이 쓰는 투구

▲ 여자가 쓰는 관

머리에 쓰는 것들도 모(帽) 종류가 37종,
회(盔) 종류가 18종, 건(巾) 종류가 28종,
관(冠) 종류가 11종이나 되며[57] 그 모양은
화려함을 다하고 있다. 배우들의 신발도
남녀 모두 신분에 따라 특수한 신을 신
는다.

경극에 쓰이는 소도
구는 체머(砌末)라 하
는데 매우 간단하면서도
크게 두 가지 종류로 나누
어 볼 수가 있다. 한 가지는 연
극에 쓰이는 물건이 너무 커서 무
대 위에서 대신 쓰는 상징적인 물
건들이다. 보기를 들면 물 위에
서 배를 탈 적에는 배우가 배나
강물 대신 노 모양의 물건을 들
고 등장한다. 말을 탈 적에는 채
찍 모양의 물건을 들고 나온다.
가마는 두 개의 나무 막대기에
작은 깃발을 늘어뜨리면 된다.

▲ 여배우가 말에 올라 타는 모습.

57) 위와 같은 책 참조.

마차는 수레바퀴가 그려진 깃발을 들고 대신한다. 나무 막대기에 두 폭의 장막을 늘어뜨리면 침실 겸 침대가 된다. 이 밖에도 특수한 곳임을 가리키는 소도구들이 여러 가지가 있다. 다른 한 가지는 실물을 그대로 쓰는 소도구들이다. 보기를 들면 탁자 · 의자 · 부채 · 우산 · 초롱불 · 술그릇 · 차 그릇 등이다. 그러나 이것들도 모두 공연에 필요한 정경을 상징적으로 표현하기 위하여 쓰인다. 탁자와 의자는 쌓아놓는 방식에 따라 산도 되고 성벽도 되고 높은 단이나 지붕 위가 되기도 한다. 부채는 연기자의 동작인 춤과 어울리어 주변의 아름다운 풍경을 상징하기도 하고 주변의 화려함을 상징하기도 한다. 술잔이나 찻잔을 들고 술이나 차를 마실 적에도 실제의 동작과는 달리 춤의 동작을 통하여 그 당시 술이나 차를 마시는 사람의 기분이나 주변의 정황을 드러내 보여야만 한다. 군졸들이 쓰는 칼이나 창 같은 무기도 중요한 경극의 소도구 중의 하나이다.

곧 경극에 있어서 옷이나 치장인 싱토우(行頭)나 무대 위에 쓰이는 소도구인 체머(砌末)도 모두 연기자의 춤을 보조하고 그 뜻을 강조하기 위하여 고안된 것이다.

◀ 수레를 타고 가는 모습.

3) 배우들의 동작과 춤(做) 및 무술과 재주부리기(打)

경극에서는 배우들의 창(唱)·염(念)·주(做)·타(打)의 네 가지 연기를 사공(四功)이라 한다. 창과 염의 특징에 관하여는 다음 절에 설명할 것이다. 주와 타는 여기에서 설명할 배우들의 동작과 춤 및 무술과 재주부리기 같은 연기를 말한다. 그리고 이를 '사공'이라 함은 이 네 가지가 경극에 있어서 배우들 연기의 기본이 되기 때문이다.

경극 무대에서의 배우들의 모든 동작은 사소한 움직임이라 할지라도 실제 행동과 같아서는 안 된다. 언제나 무용적인 표현이어야만 한다. 앞에서 치루샨(齊如山)이 경극에 있어서는 "모든 소리는 반드시 노래이어야 하고, 춤이 아닌 움직임은 없다."고 한 말을 소개하였는데, 한편 그것은 경극에 있어서는 창과 동작이 배우 연기의 기본이 됨을 강조한 것이다. 또 경극에서는 "비슷하지 않으

🅰 배우가 높은 곳으로부터 뛰어내리며 공중에서 몸을 여러 번 돌리는 재주를 부리고 있다.

🅰 배우가 입으로 불을 뿜고 있다.

면 연극이 아니지만 정말로 같다면 그것은 예술이 아니다."[58]라고도 말하고 있다. 그런데 이처럼 미묘한 경극 배우들의 모든 동작과 노래 및 대화 등은 모두가 춤이며 창이어서 언제나 일정하고 엄격한 규율인 정식(程式)을 따라서 이루어진다. 그들은 이 까다롭고 엄격한 정식에 의하여 사람들의 일상 행동과는 다르면서도 사람들의 생활보다 훨씬 더 아름다운 예술을 창조하려 하였다. 그러나 그러한 노력이 정식을 모르는 외국 사람들의 눈에는 무척 부자연스럽게 느껴지는 것이다.

우선 무대에서의 걸음걸이만 하더라도 이를 대보(臺步)라 하는데 한 걸음도 보통 걷듯이 걸어서는 안 된다. 생·단·정·축의 각색에

▲「귀비취주(貴妃醉酒)」 공연장면
이들의 걸음걸이가 모두 다르다.

---

58) 뿌샹뿌시시(不像不是戲), 쯘샹뿌시이(眞像不是藝).

따라 인물의 연령 성격에 따라 그리고 그때의 연극 정황에 따라 걷는 모양이 모두 다르다. 언제나 춤처럼 그때의 정황을 나타내는 아름답고 멋진 움직임이어야 하고 늘 음악 반주에 박자가 맞아야 한다. 걸음걸이는 모든 동작의 기초이다. 그 때문에 배우의 연기는 "먼저 한 발걸음 떼어놓는 것을 보고, 입을 한 번 벌려 소리를 내는 것을 보기만 하면 안다."는 말이 있을 정도이다.

걸음걸이의 종류만도 정보(正步)·포보(跑步)·추보(趨步) 등 모두 53종류가 있다고 하니[59], 일일이 걷는 방법을 설명하는 수도 없을 정도로 복잡하다. 심지어는 한 걸음 가는 것이 경우에 따라서는 천리 길을 가는 것이 되기도 하고, 한 번 무대로부터 퇴장하는 것이 100년의 세월이 지나간 것이 되기도 한다. 무대에서 배우들이 등장하고 퇴장할 적에도 그때의 경우에 알맞는 여러 가지 걷는 방법과 걷는 방향이 정식으로 정해져 있다. 사람들 누구나가 두 발로 걷는 걸음걸이 방법 한 가지가 이토록 복잡하니, 경극 배우들 동작에 관한 정식이 얼마나 복잡할까 짐작이 갈 것이다.

손놀림 한 가지도 간단치 않다. 보기를 들면 오른 손등으로 왼손바닥을 치는 것을 전수(攤手)라 하는데 이런 동작은 후회나 실의를 나타낸다. 이때도 두 손을 곧장 부딪치면 안 되고, 반드시 오른손을 가슴 앞으로 들어 올려 왼손 위로 가져간 다음 다시 오른손을 밖으로 돌려 왼손 바깥쪽까지 가게하고 다시 그 아래 편 안쪽으로 돌리면서

---

59) 치루샨『국극예술휘고(國劇藝術彙考)』제4장 동작 참조.

▲ 배우들의 손가락은 모두 예를 표시
하거나 뜻이 있는 것이다.

다시 위로 올려쳐야만 하는 것이다. 무
릎을 치거나 두 팔을 벌리는 등 모든
동작이 간단하지 않다. 손가락질을 하
는 방법만도 외부를 향하여 손가락질
할 적에는 26종의 방법, 자기 얼굴이나
몸의 코·입·배를 손가락질 하는 방
법에는 14종이 있다. 그리고 양편 옷소

▲ 배를 타는 모습

매를 흔드는 방법에는 72종류가 있다.[60] 그리고 손을 펴는 방법 주먹
을 쥐는 방법 등에도 모두 정식이 있다.

　말이나 가마와 배 같은 것을 타거나 집 문을 드나들고 높은 누각을
오르내리는 동작 등은 모두 무대에 실물이 없음으로, 여러 가지 경우
모두 무용의 방법을 따라 정해진 정식을 따라야 한다. 보기를 들면
말채찍을 들고 있으면 말을 타고 있다는 뜻인데, 말을 타는 사람의
신분이나 역할에 따라 말을 타고 말에서 내리는 동작이 모두 다르다.
말에서 내린 뒤에도 채찍을 들고 있을 수가 있지만 그것을 위로 올리
면 안 되며, 말을 매어놓는 동작을 한 뒤에는 채찍도 손에서 버려야
한다. 경극 배우의 모든 동작은 실제와 같아서는 안 되고 그런 움직
임을 하는 뜻을 드러내고 그의 감정과 정신을 표현하는 상징적인 것
이어야 하며 실제보다 더 아름답고 여러 가지 뜻이 담긴 춤 같은 동
작을 추구한다.

　경극에서 특히 발달한 것은 등장인물들이 싸움을 하거나 전쟁을

60) 위와 같은 책 참조.

▣ 싸우는 장면

하는 무장(武場)이다. 수십 수백 명은 말할 것도 없고 수십만의 군대가 맞붙어 싸우는 장면도 좁은 무대 위에 연출된다. 장수들은 양편에 서 있고 10여 명의 양편 병졸들이 줄을 지어 왔다갔다 하면서 싸우는 경우가 있고, 반대로 병졸들은 양편에 진을 치고 있고 양편 장수만이 싸우는 경우도 있다. 무기는 칼이고 창이고 모두 실제 무기와 비슷한 것을 들고 있지만, 싸움은 실지와는 달리 재주부리기에 가까운 동작이다. 수없이 땅재주를 넘기도 하고 칼이니 창을 서로 던지며 주고받기도 하는데 발로 걷어차 보내거나 발로 상대방이 던진 것을 받기도 한다. 같은 수의 사람들이 싸우는 경우도 있지만 한 사람이 4명 또는 6명·8명을 상대로 싸우기도 한다. 맨손으로 무기를 든 상대와 싸우기도 한다. 경극에서 맨손으로 싸우는 것을 슈빠쯔(手把子), 무기를 들고 싸우는 것을 창빠쯔(槍把子)라고 한다. 모두 곡마단의 연출 같은 여러 가지 묘기의 실연이다. 이것이 바로 경극의 '따(打)'이다. 경극에서는 이를 두고 무술의 예술화라고 주장한다. 이 '무장'에는 대체로 징과 북을 비롯한 시끄러운 타악기의 반주만이 있는 것도 특색 중의 하나이다.

경극에는 실제로 춤도 응용된다. 연기자는 사랑·슬픔·기쁨·노여움·두려움 등의 심사를 표현하기 위하여 음악의 반주와 함께 춤을 춘다. 전쟁을 앞둔 장수나 사태가 여의치 않아 자결을 하는 사람도 춤으로 그런 자신의 처지와 심경을 표현한다. 그밖에 경극에 등장하는 판관(判官)과 재신(財神)·뇌공(雷公) 및 신선과 여러 귀신들은 제각기 자기 성격을 나타내는 춤을 춘다.

4) 배우들의 창(唱)과 대화(念)

경극에 있어서는 '모든 소리가 노래'라 했으니, 대화며 독백이며 기침소리 웃음소리까지도 배우들의 입을 통해서 나오는 소리는 모두가 노래의 성격을 지닌 '창'이라는 뜻이다. 외국 사람이 경극을 들을 적에는 무엇보다도 배우의 창하는 목소리가 자연스럽지 않은 가성(假聲)을 많이 쓰고 있어서 귀에 거슬리게 들리는 경우가 많다. 경극의 전문용어로는 가성으로 창하는 것을 소상(小嗓), 자연스런 목소리로 창하는 것을 대상(大嗓)이라 구분한다. 그러나 중국

▲ 배우가 대화를 하는 모습

의 경극 전문가들은 그것에 대하여는 별로 문제 삼지를 않는다.

경극에 있어서도 배우들이 창 이외에 서로 주고받는 대화나 말이 '니엔(念)'인데, 일상적인 대화의 경우에도 전혀 보통 사람들이 하는 말과는 다르다. 경극은 베이징을 중심으로 발전한 것이기 때문에 그 용어는 표준어인 푸퉁화(普通話)이지만 많은 글자의 발음을 경극에서만 독특하게 발음한다. 그리고 말은 대화나 독백을 막론하고 창과 같지는 않지만 목소리를 올렸다 낮추었다, 길게 빼었다 짧게 끊었다 하면서, 독특한 가락을 이룬다. 따라서 경극의 극본을 보면 그 대화나 독백의 문장은 보통 백화와는 다른 운문에 가까운 백화이다.

보기로 경극의 유명한 레퍼토리의 하나인 「타어살가(打漁殺家)」 제 2장에서 관청과 손을 잡고 고기잡이 세금을 멋대로 거두는 정원외(丁員外)이 신부름꾼이 세금을 받으러 와서 어부 노릇을 하고 있는 주인공 소은(蕭恩)과 주고받는 대화를 극본(1980년 개편본)에서 다음에 인용한다.

소은 : 정씨 댁 분이시군요. 여긴 무슨 일로 오셨나요?
정랑 : 고기잡이 세로 은자(銀子)를 받으러 왔소.
소은 : 근래에는 날이 가물어 물이 준 탓에 물고기가 그물에 걸려 들지 않습니다. 뒤에 돈이 생기면 정씨 댁으로 보내 드리지요.
정랑 : 말은 번드름하게 잘하오! 돈이 있으면 우리에게 주어 돌려 보내야지요. 공연히 우리를 여러번 왔다갔다 하게 하여 신 발만 다 닳아 떨어지게 하지 말아요! 우리는 자기 돈으로 신발을 사야 하니까.

 「타어살가」 공연 사진, 소은(蕭恩)은 오른편 인물이다.

△ 경극 배우들의 여러가지 표정

蕭恩：原來是丁管家，到此何事?
丁郎：催討漁稅銀子來啦.
蕭恩：這幾日天旱水淺，魚不上網，
　　　改日有了銀錢，送上府去就是.
丁郎：話到是兩句好話. 有了錢可想
　　　着給我們送去，別讓我們一趟
　　　一趟白跑，跑壞了鞋，還得我
　　　們自個兒掏錢買.

　근래에 현대적으로 개정한 극본이지만 아직도 문장이 순수한 백화가 아니다. 읽더라도 자연히 읊듯이 읽게 될 형식의 글이다. 경극 극본의 대화나 독백 등의 문장이 모두 이런 식으로 이루어져 있다. 옛 극본은 이보다 훨씬 운문에 가까운 형식이다. 무대 위에서 실제로 공연할 적에는 이 말의 글자 한 자 한 자를 길게 늘여 발음하고 소리를 올렸다 내렸다, 힘을 주었다 빼었다 하면서, 그 당시 출연자의 심사를 표현한다. 그러니 그 기능이 노래와 같다는 것이다.

　외국 사람이 듣기에는 분명 창은 아니다. 그러나 경극의 전문가들이 모두 배우들의 입에서 나는 소리는 무엇이거나 창이라고 하니, 그 소리들을 창이라 규정하고 설명하는 수밖에 없다.

치루샨은 『국극예술고』 제5장 가창(歌唱)에서 경극의 창을 다음과 같은 4등급으로 나누어 설명하고 있다.

제1급 ; 순수한 정식 창이다. 언제나 악기의 반주가 따른다. 반주악기는 이호(二胡)가 중심을 이룬다. 경극의 음악은 여러 지방희의 장점도 흡수한 것이어서 창조(唱調)가 무척 복잡하다. 100종 전후의 종류가 있다고 한다. 극본을 보면 창사는 한 구절이 7언과 10언으로 이루어진 것이 대부분이다.

제2급 ; 인자(引子)[61]나 대련(對聯) 또는 시와 사(詞)를 읊는 경우이다. 이 제2급 이하의 것들은 우리가 보기에는 창이나 노래라고 하기 어려운 것인데도 경극에서는 가창의 일종이라고 주장한다. 음악 반주가 없는 것이 보통이나 북이나 박판(拍板)으로 반주를 하는 경우도 있다.

제3급 ; 빈백(賓白)이라고 하는 배우들의 대화나 독백이다. 원칙적으로는 사람들이 보통 하는 말이어야 하는데도 듣기에 전혀 말하는 것 같지 않다. 글을 읊는 것에 가깝다. 정해진 곡조도 없고 악기의 반주도 없음으로 경극에서는 목소리를 올렸다 낮추었다, 길게 빼었다 짧게 끊었다, 하면서 그 당시 자기의 감정을 표출하는 연기가 실제로는 제1급의 본격적인 창보다도 어렵다고 한다.

---

61) 배우가 무대에 올라와 외는 글귀, 두 구절의 5자 또는 7자가 보통이나 4구의 시로 이루어진 경우도 있다.

　　제 4급 ; 웃음 · 울음 · 성냄 · 노여움 · 걱정 · 두려움 · 탄식 · 기침 등의 소리이다. 웃는 것도 실제로 웃는 것과 같이 웃어서는 안 되고 그 당시의 웃음의 뜻을 잘 나타내는 동작을 하면서 소리를 내어야 한다. 치루샨은 경극의 웃음에는 정소(正笑) · 냉소(冷笑) · 광소(狂笑) · 가소(假笑) · 대소(大笑) 등등 27종의 웃음이 있다고 소개하며 설명하고 있다.[62] 기침소리도 등장하는 사람의 신분에 따라 여러 가지로 다르고, 남녀가 다르며 또 그때 연주되는 음악에 따라, 당시의 형세에 따라 모두 여러 가지로 다르다. 울음소리 · 노여움을 나타내는 소리 등에도 모두 여러 가지 엄격한 규정이 있음은 두말할 필요가 없다.

　　곧 경극의 배우가 내는 소리는 어떤 소리이든 모두 실지의 소리와는 다르면서도 노래처럼 그 당시의 감정이나 주변 사정 등을 잘 표현할 수 있어야 한다는 것이다. 그래서 배우들의 대화나 독백 심지어 기침이나 울음소리 같은 소리까지도 모두 노래인 '창'에 넣어 설명하고 있는 것이다.

---

62) 치루샨 『국극예술고』 제5장 가창.

4

경극의 음악과 악기

4. 경극의 음악과 악기

경극의 음악이 서피조(西皮調)와 이황조(二黃調)를 중심으로 하고 곤강(崑腔)·익양강(弋陽腔)·방자(梆子) 등 음악의 장점을 흡수하여 발전한 것임은 이미 앞에서 설명하였다. 경극에서는 음악을 보통 강조(腔調)라고 한다. '강'은 음계에 따른 높고 낮은 변화와 빠르고 느린 음절 같은 것을 뜻한다. 그리고 '조'는 창을 하는 강조의 높고 낮은 등급을 말한다. 경극의 음악의 중심을 이루는 '서피'와 '이황'의 강조는 다시 정서피(正西皮)와 반서피

▲ 경극의 악단

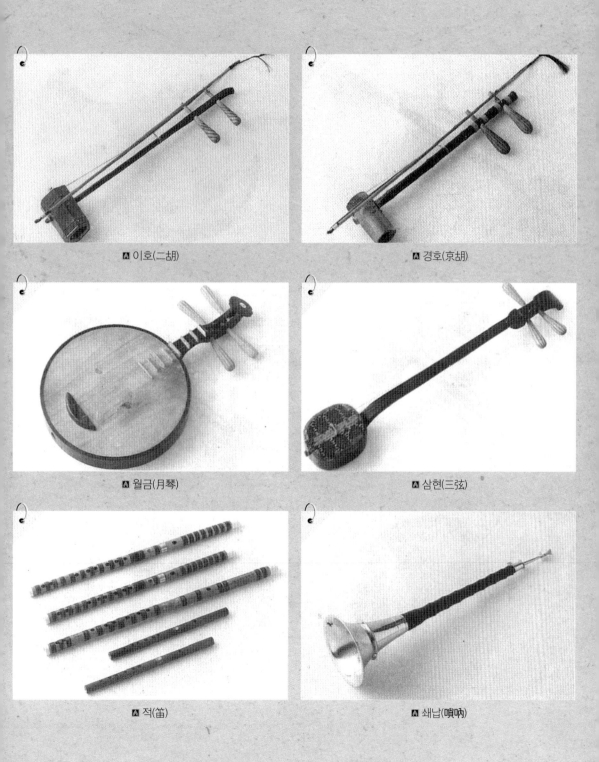

▲ 이호(二胡)

▲ 경호(京胡)

▲ 월금(月琴)

▲ 삼현(三弦)

▲ 적(笛)

▲ 쇄납(嗩吶)

(反西皮) 및 정이황(正二黃)·반이황(反二黃)·평이황(平二黃)으로 나누어지고, 다시 그것들은 박자의 차이에 따라 원판(原板)·만판(慢板) 등 여러 가지로 나누어진다.

일반적으로 '서피'의 음악은 가볍고 즐거운 감정이나 비분강개의 격한 감정을 나타내기에 알맞고, '이황'은 장엄하고 침중한 경우나 마음 아프고 슬픈 감정을 상징하기에 알맞고, '반이황(反二黃)'의 음악은 지극히 침통한 경우를 상징하기에 알맞은 음악이라고 한다.[63] 그러나 실제로 공연할 적에 반드시 그런 차별에 따라 엄격히 음악이 적용되고 있지는 않다.

경극의 무대는 일상적이고 서정적인 일을 공연하는 문장(文場)과 싸우고 전쟁하는 장면을 연출하는 무장(武場)으로 크게 나누어지는데, 음아 연주도 이에 따라 크게 달라짐으로 경극의 반주 악단을 문무장(文武場) 또는 장면(場面)이라고도 부른다. '문장'은 이호를 중심으로 하고 호금·삼현·월금 등을 보조로 하는 현악기 위주의 반주로 공연이 진행된다. '무장'에서는 북과 징을 중심으로 하고 박판(拍板)·꽹가리 같은 타악기로 음악이 이루어진다. '문장'에는 쇄납·적 같은 관악기도 보조악기로 쓰인다. 보통 '문장'은 이호의 연주자가 주도자이고 '무장'은 북잡이가 주도자로 보인다. 그러나 실제로 전체 악단의 지휘 책임자는 북을 치는 사람이다. 북을 치는 사람은 북뿐만이 아니라 박판도 들고 전체 음악의 박자를 이끌어 가는

---

63) 왕안치(王安祈)『국극의 예술과 감상(國劇之藝術與欣賞)』(타이완 행정원 문화건설위원회 간) 4, 국극의 창강과 염백(國劇的唱腔念白) 참고.

▲ 소라(小鑼)

▲ 요발(鐃鈸)

▲ 대라(大鑼)

▲ 소고(小鼓)

▲ 당고(堂鼓)

데 그를 고로(鼓老)라 부른다.

경극 음악의 가장 두드러진 특징은 창의 반주를 주로 호금이 맡는다는 것이다. 그 때문에 호금을 경호(京胡)라고도 하는데, 지금은 호금 중에서도 '이호'가 가장 중요한 악기로 쓰이고 있다. '이호'의 가장 두드러진 특징은 음이 높고 소리가 굴곡을 이룬다는 것이다. 여기에 맞는 목소리를 내자니 가성이 되는 수밖에 없고 창의 소리는 늘 굴곡을 이루어 듣기에 무척이나 부자연스럽게 느껴진다. 그리고 북과 징은 나고(鑼鼓)라 하여 경극 악기 중에서 가장 중시되며, 경극이 정식으로 공연되기 전부터 이 소리 큰 악기를 두드려대기 시작하여 이를 요대(鬧臺)라 부르고, 싸움을 하거나 재주를 부리는 '무장'은 말할 것도 없고, 배우들의 모든 동작과 그들이 창을 할 때와 대화나 독배을 할 때 간은 경우도 간간이 이 악기 소리가 끼어든다. 지금 아서는 경극에서 싸움을 하거나 무술을 겨루고 재주를 부리는 '무장'이 더욱 중시되어가는 경향임으로 북과 징은 더욱 중시되고 있는 셈이다.

북은 세워놓고 옆을 두드려 둥둥 소리를 내는 횡고(橫鼓)가 아니라 뉘여 놓고 위에서 두드려 딱딱 소리를 내는 평고(平鼓)여서 시끄러운 소리 내는 데에 한 몫을 한다. 큰 징소리와 높은 음의 북소리는 다른 악기 소리와 조화를 이룰 수도 없고 배우들의 목소리를 살릴 수도 없는 소리이다. 따라서 경극을 감상하기 위해서는 고막이 찢어질 것 같은 시끄러움도 극복할 줄 알아야만 한다고 할 정도이다. 북과 징은 어떻든 경극의 음악에서는 가장 중요한 자리를 차지하기 때문에 언제 누가 쓴 것인지 알 수가 없으나 이 악기를 두드리는 기본 방법과

▲ 북잡이가 왼손엔 딱딱이, 오른손엔 북채를 들고 연주하는 모습.

원칙을 쓴 『나고경(鑼鼓經)』이 전해지고 있다.

경극에는 여러 가지 악기가 쓰이고 있으나 이들의 합주는 소리가 맞지 않아 거의 불가능하다. 그리고 이들 악기 중에는 송나라 이전에 쓰이던 중국의 전통 악기는 하나도 없다. 모두 외국으로부터 들어와 대부분이 금·원대 이후에 유행한 것이다. 타악기에는 당고·소고·대라(징)·소라(꽹가리)·요발·성(星) 등이 있다. 이 중에서 가장 중요한 것은 북과 징이고 나머지는 보조역할의 악기이며, 이것들의 연주를 무패자(武牌子)라 한다. 현악기에는 줄을 활로 켜서 소리를 내는 이호·호금·사호(四胡) 등이 있고, 줄을 튕겨서 소리를 내는 삼현·월금·비파가 있다. 이중 이호 또는 호금이 중심 악기이며 나머지는 보조역할이다. 취주악기에는 쇄납·적·소(簫)·생(笙) 등이 있는데 현악 연주의 보조용으로 쓰인다. 현악기를 위주로 하고, 간혹 취주악기가 섞여서 연주되는 음악을 청패자(淸牌子)라고 한다. 간혹 '청패자'에 북과 징이 끼어드는 경우가 있는데 그런 음악은 잡패자(雜牌子)라고 한다.

유명한 경극 배우들 중에는 '청의'나 '노생'이라면 자기가 창할 적에 반주하는 호금 연주자를 늘 공연장에 데리고 다닌 이들이 있었다고 한다. 이는 경극에서 창의 대부분을 호금이나 이호 하나로 반주하였음을 뜻한다.

5

경극의 극장과 무대

5. 경극의 극장과 무대

지금은 경극을 현대식 극장에서 대부분 상연하고 있지만 청나라 때에 연극을 상연하는 극장은 술집인 주관(酒館)이 중심이었고, 건륭 시기로 오면서 찻집인 다원(茶園)이 많아졌으며 차츰 희장(戲莊)과 희원(戲園)도 생겨났다. 그것은 청나라 사람들은 연극을 본시는 술집에서 술과 음식을 먹으면서 구경하다가 뒤에는 다과(茶菓)를 먹으면서 구경하는 일이 많아졌음을 뜻한다.

앞에 이미 설명한 바와 같이 베이징에는 강희 연간에도 수많은 연극을 공연하던 주관이 있었는데, 건륭 이후로는 경극이 이루어져 발전하면서 연극 공연장소도 더욱 늘어났다.

여러 지방 도시에도 연극을 공연하는 희원이 늘어났다. 그리고 농촌에서는 거의 마을 마다 있는 신묘가 연극 공연의 가장 중요한 무대였다. 지방마다 명절이나 축제가 있을 적에는 신에게 제사를 지내면서 신묘에서 연극을 공연하고 즐기었다.

주관이나 차원의 연극 관객들은 한 탁자에 7·8명씩 둘러앉아 음

◇ 청대 다원(茶園)에서 경극을 공연하는 그림 ◇

식이나 다과와 함께 술이나 차를 마시면서 친구들과 멋대로 담소를 하면서 관람을 하였다. 따라서 관람 분위기는 매우 소란하였다. 그러나 관객들은 대부분이 공연되고 있는 경극에 익숙하여 있어서 주의를 기울이지 않아도 배우가 창을 제대로 하고 있는지 공연이 어떻게 진행되고 있는지 모두 잘 알고 있었다. 다만 정말 창과 연기를 잘하는 대목에서는 모두가 무대로 시선이 집중되지만, 여전히 잡담을 하고 있는 친구가 있다 해도 아무도 막을 길이 없다. 지금 와서는 경극에 대한 젊은이들의 관심은 줄어들었지만 서양의 영향을 받아 새로운 경극 극장이 들어섰고 연극을 관람하는 이러한 분위기도 상당히 개선되었다.

경극의 무대는 지극히 단순하다. 본시는 아무런 배경이나 장치도 없고 중간에 탁자 하나와 의자 두 개가 놓여있는 것이 가장 일반적인 무대의 풍경이다. 경극의 전문가들은 자기네 무대의 특색을 "있는

▲ 경극 무대 위에 놓인 탁자와 의자

◇ 무대 위의 탁자와 의자의 배치 방법 여러 가지 ◇

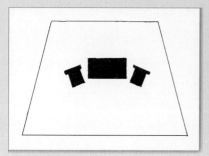

🔺 팔자(八字) 모양의 배치

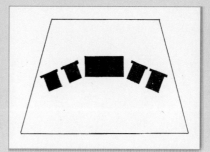

🔺 의자를 양편에 하나씩 더 놓은 팔자 모양의 배치

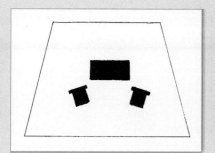

🔺 의자를 앞쪽으로 놓은 팔자 모양의 배치

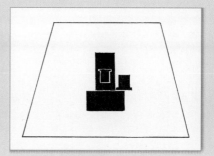

🔺 높은 누각을 나타내기 위한 의자 배치

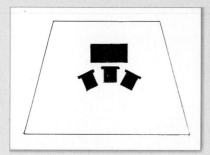

🔺 앞쪽에 의자를 하나 더 놓은 팔자 모양의 배치

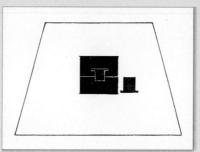

🔺 낮은 누각을 나타내기 위한 의자 배치

▲ 「임충야분」의 임충 모습

것이란 하나도 없지만, 어디에나 있지 않은 것도 없다."[64]는 말로 표현하고 있다. 배우가 등장하기 전에 무대 위에는 아무것도 없는 셈이지만 배우가 등장하여 연기를 하는 데 따라서 시간 공간의 한계를 뛰어 넘어 무엇이든지 무대 위에 생겨나 무슨 일이든지 이루어지게 된다. 출연한 배우가 연기하는 데 따라서 탁자와 의자 밖에 없는 무대이지만 그곳이 화려한 궁전도 되고 개인주택도 되고 거친 들판이나 강물 위도 된다. 연기자가 들고 있는 간단한 물건이나 탁자와 의자의 배치로도 간단한 무대가 다양한 장소로 바꾸어진다.

보기를 들면 『수호전(水滸傳)』제6회로부터 제11회(70회본)에 나오는 표자두(豹子頭) 임충(林沖)의 얘기를 연출하는 경극 『임충야분(林沖夜奔)』은 처음부터 끝까지 오직 임충 한 사람이 좁은 무대 위에서 창을 하면서 돌아다니며 3, 40분 동안 연기를 하는데, 연극이 시작될 때에는 임충이 귀양 가서 잡혀있던 변두리의 창주(滄州)[65]란 곳에서 핍

---

64) 一無所有, 無所不有.
65) 지금의 톈진시(天津市) 남쪽에 있는 창현(滄縣).

박을 당하고 있다가 연극이 끝날 적에는 그곳을 도망쳐 나와 먼 곳에 있는 도적들의 소굴인 양산박(梁山泊)[66]으로 들어가게 된다. 그뿐 아니라 임충은 80만의 궁전을 지키는 금군(禁軍)의 군사훈련을 책임진 교두(敎頭)였는데 간신 고태위(高太尉)의 아들 고등(高登)이 임충의 부인 미모에 반하여 음모를 꾸미어 임충에게 엉터리 죄를 뒤집어씌우고 그 부인을 뺏으려고 창주란 곳으로 귀양을 보내고, 고등은 다시 임충이 귀양 가 있는 창주에까지 손을 뻗쳐 임충을 죽이려고 그가 머물고 있는 곳간에 불을 지르게 하여 임충은 하는 수 없이 양산박으로 들어가게 된다는 연극의 내용 얘기까지도 관중들에게 전해준다. 아무것도 없는 빈 무대가 임충으로 등장하는 배우 한 사람의 창과 연기에 따라 창주로부터 양산박으로 변하고 또 배우 한 사람의 연기에 의하여 거기에 따른 여러 가지 복잡한 실정이 전해지고 있는 것이다.

아무것도 없는 무대 위에서 배우가 문을 여닫고 드나드는 동작에 따라 거기에 문이 있게 된다. 그리고 그의 동작 여하에 따라 거기에 있는 문이 대문일 수도 있고 곁문이나 방문일 수도 있다. 누각에 오르내리는 특별한 동작에 따라 그들이 높은 누각에서 공연하고 있는 것이 되기도 한다. 앞에서 이미 얘기한 여러 가지 연극에 쓰이는 물건을 쓰는 데 따라 여러 곳이 드러나기도 한다. 바퀴가 그려진 깃발

---

66) 지금의 샨둥(山東省) 슈장현(壽張縣) 동남쪽에 있는 양산(梁山) 밑에 있던 옛날의 거야택(鉅野澤)을 중심으로 하는 지역이다. 그 아래쪽에 문수(汶水)와 제수(濟水)가 합쳐지면서 넓은 물을 이루고 있었다. 송(宋)나라 때에 다시 황하 물을 터서 그곳으로 몰아넣어 수백 리나 되는 넓이의 호수와 늪이 되어 있었다. 뒤에 물이 남쪽으로 옮겨가 지금은 평평한 육지로 변하여 옛날의 모습은 알아볼 수도 없게 되어 있다.

▲ 장수의 장막

▲ 뒤쪽의 장막은 침실을 뜻하고 있음.

을 이용하여 수레를 타고 먼 길을 달려 친척 집을 찾아갈 수도 있고, 말채찍 하나를 들고 말을 타고 들판을 달려 싸움터로 나갈 수도 있고, 노를 들고 친구와 함께 배를 타고 강물 위에서 뱃놀이를 즐기는 일을 연출할 수도 있다.

가장 흔한 탁자와 의자의 이용 방법은 대좌(大座) 또는 정장탁(正場桌)이라 하여 무대 중앙 뒤편에 의자와 탁자를 관중석을 향하여 놓는 것이다. 이 탁자와 의자가 출연 배우와 그의 연기에 따라 궁정의 황제 자리도 되고 관청의 사무실도 되고 집안의 객실이나 내실 또는 서재도 되고, 상점이나 묘당(廟堂)이 될 수도 있다. 다만 황제가 나올 적에는 탁자에 용을 수놓은 황색 탁자 보를 씌우고 그 위에 황금색 향로를 놓는다. 그리고 고관의 관청일 경우에는 탁자에 붉은 탁자 보를 씌우고 그 위에 인갑(印匣)을 놓는다. 그 밖에도 탁자 뒤에 두 개의 의자를 놓는 쌍대좌(雙大座)·대좌의 탁자 양 옆에 의자를 더 놓는 대좌과의(大座跨椅)·탁자와 의자를 왼편에 비스듬히 놓는 사장대좌(斜場大座)·탁자와 의자 두 개를 좌우 양편에 각각 비스듬히 관중을 향하여 놓는 팔자의(八字椅) 등 용도에 따라 탁자와 의자를 배열하는 방법이 20종류나 된다.

또 탁자와 의자를 이용하여 높은 담을 만들 수도 있고 강물 위의 다리 역할을 하게 할 수도 있으며, 베틀로 쓸 수도 있다. 싸움터의 장수의 장막은 무대 중앙의 '대좌'에 수를 놓은 탁자 보를 씌우고 양편에 막대기를 세운 다음, 그것을 이용하여 수를 놓은 큰 장막을 걸어 놓으면 된다. 잠자는 침실이며 높은 누대도 같은 방법으로 모양을 변형시켜 만든다.

경극의 무대는 배경도 없고 장치도 없는 거의 텅 빈 공간이지만 배
우들은 그 위에서 시간과 공간의 한계를 뛰어넘어 어느 때의 어떤 일
이든 연출할 수가 있는 것이다.

▣『수호전』의 삽화로, 무송(武松)이 호랑이를 잡는 대목을 공연하는 판화임.

6

경극의 극본과 극작가

6. 경극의 극본과 극작가

경극에는 본시부터 극본이 별로 많지 않았다. 대부분이 이전 곤곡의 극본을 경극으로 개편한 것들이었다. 그리고 극본의 내용은 중국 사람들에게 일반적으로 널리 알려진 얘기를 바탕으로 하고 있다. 중국 사람들에게 연극이란 자기들이 잘 알고 즐기는 얘기 내용을 배우들이 창과 대화와 동작으로 표현하는 것을 보고 들으면서 공감하고 즐기는 것이다. 전쟁극 같은 데서는 칼이나 창을 들고 또는 맨손으로 배우들이 부리는 온갖 재주를 보고 즐기는 것이다. 따라서 경극의 구성에는 그 중심을 이루는 얘기 줄거리가 없다. 인간사회의 문제를 얘기의 재구성을 통하여 추구하는 것이 아니기 때문이다. 따라서 작품의 주제는 거의 모두가 잘 알려진

▲ 건륭 연간의 오색각본(五色刻本) 청대 궁정 대희(大戲)의 일종인 「권선금과(勸善金科)」.

역사 얘기거나 신화 전설 같은
것들이다. 실상 노래와 춤으로
는 일정한 얘기를 무대 위에서
엮어가기가 어렵다. 그러나 지
금 중국에서는 경극으로 인민
대중에게 사회주의 이념을 가
르치고 그들을 혁명의 방향으
로 이끄는 방편으로 중시하고
있다. 그러나 사회주의적인 것
을 표현하기 위해서는 얘기 줄
거리를 잘 살려야 한다는 문제
가 있다. 그리고 서양연극의 영

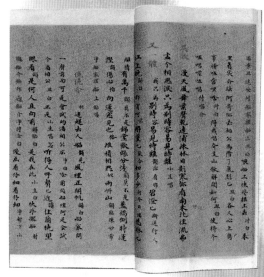

▲청나라 궁전의 오색초본(五色抄本)의 극본
「추강(秋江)」.

향으로 구체적인 인간의 문제들을 표현하려는 욕구도 있다. 경극 극
본 작가들이 안고 있는 고민이 여기에도 있을 것이다.

　건륭(1736-1795)·가경(1796-1820) 이전의 화부희 극본으로 17
종의 작품 제목이 전하고[67], 여러 편의 산척(散齣)표제가 전하는데,
그중에는 뒤에 경극에서 연출된 것들도 일부 들어있다. 그러나 경극
극본은 도광 연간(1821-1850) 중엽부터 일부 연극 관계자들이 만들
기 시작하여 극본 종류가 늘어나 지금 와서는 1,000 종류가 넘는 여
러 가지 전통 경극 작품이 있다. 쩡빠롱(曾白融)의 『경극극목사전(京

---

67) 건륭연간본 『철백구(綴白裘)』·오태초(吳太初)의 『연란소보(燕蘭小譜)』·초순(焦
　　循)의 『화부농담(花部農譚)』 및 『극설(劇說)』 등에 보임.

劇劇目辭典)』[68]에는 청대 이전을 제재로 한 경극의 극목 5,000종 정도를 싣고 있다. 왕슨란(王森然)의 『중국극목대사전(中國劇目大辭典)』[69]에는 1949년 이전을 제재로 한 각종 극목 15,000여 종을 싣고 있다. 치루샨은 1927년 일본 학자의 경극 관련 책[70]에 써준 「극명일람(劇名一覽)」이란 글에 700여 종의 경극 제목을 적고 있다. 이런 자료를 종합해 보면 그 뒤에도 적지 않은 극본이 만들어졌으니 전체 경극의 수량은 수 1,000종을 넘는 수량임이 틀림없을 것이다. 이들 극본에는 여러 극단인 희반이 좋아하고 공연을 잘하는 작품이 있고 유명한 배우들은 또 자기가 좋아하고 그중의 인물 연기를 잘하는 작품이 있다.

그러나 이 많은 극본들은 거의 모두 누가 언제 쓴 것인지 알려지지 않고 있다. 아무리 빠른 것이라 하더라도 건륭 연간 이후에 나온 것이며, 도광(1821-1850)·함풍(1851-1861) 연간에 와서야 극본 제작이 활발해졌기 때문에 극본의 제작은 별로 오래되지 않은 것들이다. 치루샨도 "나는 여러 늙은 선배들에게 물어보았으나, 모두 작자를 알 수가 없다. 아마도 모두 연극을 하는 사람들이 학계 사람들의 도움을 받아 편극한 것일 것이다."[71]라고 말하고 있다. 도광 연간의 극본으로는 도광 9년에 간행된 영해면치자우편(瀛海勉痴子偶編)이라고 한 『착중착(錯中錯)』이 있고, 다시 11년 뒤에 나온 관극도인(觀劇

---

68) 중국희극출판사, 1989.
69) 하북교육출판사(河北敎育出版社), 1997.
70) 파다야건일(波多野乾一)『지나극오백번(支那劇五百番)』.
71) 『오십년 이래의 국극(五十年來的國劇)』 편극의 방향, 1962, 타이베이.

道人)이 지은 장편의 『극락세계전기(極樂世界傳奇)』(8권 80척)[72]가 전해지고 있는 정도이다.

치루샨은 앞에 인용한 말이 실린 책에서 함풍 연간에서 광서 경자(庚子)년(1900) 권비(拳匪)의 난이 일어난 때까지의 기간의 극본 작자에 대하여는 약간 알려져 있다고 말하고 있다. 이 시기의 극본은 희반에서 편극한 것과 개인이 만든 것 두 가지가 있다고 하면서 다음과 같은 작품들을 보기로 들고 있다.

• 희반에서 편극한 것 ;

삼경반(三慶班) –「전본삼국연의(全本三國演義)」·「열국(列國)」·「건곤경(乾坤鏡)」 등.

사희반(四喜班) –「매옥배(梅玉配)」·「오채여(五彩輿)」·「안문관(雁門關)」 등.

복수반(福壽班) –「용마인연(龍馬姻緣)」·「시공안(施公案)」·「십오관(十五貫)」 등.

춘대반(春臺班) –「혼원합(混元盒)」·「녹모란(綠牡丹)」·「팽공안(彭公案)」 등.

• 개인이 편극한 것 ;

육오(毓五) –「연지첩(臙脂褶)」·「감로사(甘露寺)」·「괘화(掛畫)」 등 가장 많은 작품.

---

72) 도광 20년의 작가가 쓴 서문이 붙어 있다.

호학년(胡鶴年)·이육여(李毓如)·호위명(胡爲名) 공편-「아녀영웅전
(兒女英雄傳)」·「분장루(粉粧樓)」·「십립금단(十粒金丹)」 등.
심소경(沈小慶)-「악호촌(惡虎村)」·「낙마호(落馬湖)」 등.

함풍 연간에는 경극의 역사상 일대사건이라고 할 만한 여치(余治,
1809-1874)의 경극 창작집 『서기당금악(庶幾堂今樂)』이 나왔다. 여
치는 찌앙수(江蘇) 우시(無錫) 사람이며 여러 번 과거에 낙방한 뒤 경
극을 창작하면서 자신이 희반을 조직하여 각지를 돌아다니면서 연출
도 하였다 한다. 『서기당금악』에는 28종의 작품이 실려 있다.

🅰 치루산 사진

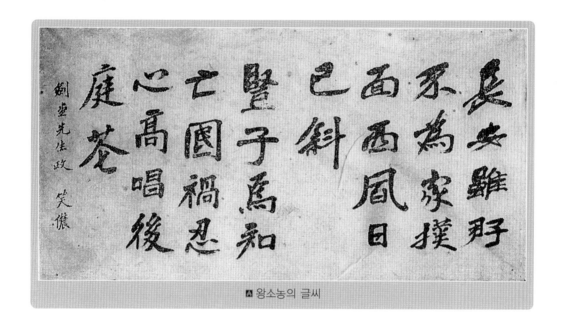

▲ 왕소농의 글씨

　개인 편극자 중에서는 왕소농(汪笑儂, 1855-1918)·치루샨(齊如
山, 1875-1962)·오우양위첸(歐陽子倩, 1889-1962) 세 사람이 가
장 두드러진다. 노생 역할의 명배우인 왕소농은 글공부를 많이 하여
경극의 개혁운동을 하는 한편 많은 편극을 하였다. 쟝싱위(蔣星煜)에
의하면 왕소농이 편극한 작품이 38종이라 한다.[73] 중화민국으로 들
어와서 치루샨이 특히 메이란팡을 위하여 1930년 전후에 이르기까
지 수십 편의 경극 극본을 새로 편극하거나 이전 것을 개작하였다.
오우양위첸은 현대문학의 희곡작가이고 화극운동의 선구자이면서도

73) 쟝싱위「왕소농이 편연한 극목의 존일고(汪笑儂編演劇目存佚考)」.

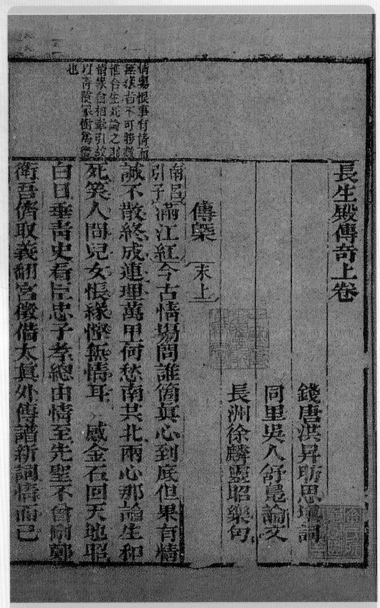

▲ 홍승의 「장생전(長生殿)」 강희 연간의 각본 사진

▲ 공상임의 「도화선(桃花扇)」 강희 연간의 각본 사진

경극을 사랑하여 경극의 현대화 또는 개량을 추진하면서 새로운 경극 작품의 창작을 시도하였다. 그는 직접 무대 위로 올라가 배우로 출연하기도 하였다.

그를 뒤이어 많은 사람들이 새로운 극본 제작에 손을 대어 현재에 이르기까지 희극개혁운동과 아울러 수많은 새로운 작품이 나왔다. 더구나 인민정부가 수립된 뒤로는 경극을 사회주의 혁명에도 결부시키려 하여 많은 새로운 작품이 창작되었다. 그러나 아직도 그 극본을 문학작품으로 평가할 만한 뛰어난 작품은 발견할 수가 없다. 아무래도 경극의 여러 가지 독특한 정식(程式)은 문인들도 극본을 창작하면서 극복하기 어려운 걸림돌이었던 듯하다. 중국의 전문가들은 경극이 극본의 창작을 중심으로 하는 희극문화 활동은 접어두고 연출을 중심으로 하는 연극문화 활동으로 발전했기 때문에 문학적인 극본이 나올 수가 없었다고 주장하고 있다.

실제로 경극의 극본에 관심이 있는 배우나 경극 연출 관계자들은 대부분이 글을 잘 쓸 줄 모르고 심지어는 한 글자도 모르는 문맹도 많았다. 그 때문에 이들은 경극의 극본을 만들 적에 글을 아는 사람들의 도움을 받았다. 그러나 아무래도 극본을 만드는 장본인의 자질은 어찌 하는 수가 없는 것이어서 좋은 극본이 만들어질 수가 없었다. 한편 글을 잘 아는 사람은 경극의 본질에 대하여 문외한이다. 경극은 여러 가지로 특별히 정해진 규칙인 정식이 있어서 그것을 알지 못하면 편극을 하기가 어렵다.

중국에 규모가 큰 대희가 처음 생겨나 성행하기 시작하였던 몽고족이 다스리던 원나라 때만 하더라도 한인 지식인들이 달려들어 중

▲ 청대에 만든 경극 공연하는 인형

국문학사를 장식하고 있는 수많은 잡극의 극본을 써냈다. 잡극만 하더라도 연극의 정식이 그다지 까다롭지 않았기 때문에 지식인들이 창의를 발휘하여 자기 뜻대로 극본을 만들어 좋은 작품이 많이 나왔을 것이다. 명대에 와서는 길이가 훨씬 더 길어진 전기가 유행하는데 수많은 지식인들이 달려들어 극본을 썼지만 문학사상 칭송을 받는 좋은 작품은 원 잡극에 비하여 또 쓰인 작품 수에 비하여 형편없는 수량이다.

청대에 들어와 성행한 수많은 여러 지방의 지방희와 경극의 극본은 그 수량은 수천 개에 이를 것이나 문학사에서 다루어지는 작품은 거의 없다. 청대의 대표적인 희곡 작품으로 높이 평가되는 홍승(洪昇)의 『장생전(長生殿)』이나 공상임(孔尚任)의 『도화선(桃花扇)』은 모두 명대에서 청나라 초기까지 유행하였던 곤곡을 바탕으로 쓴 것이다. 첸무(錢穆) 같은 이는 「중국 국극의 문학적인 의의」라는 논문을 써 문학가들이 경극의 극본을 문학으로 보지 않는 태도를 비판하였지만, 그는 철학자이지 문학자는 아니어서 예외적인 주장임을 면치 못하고 있다. 중국의 문학가들이 경극의 극본을 문학으로 다루지 않고 있다면 그것만으로도 경극의 예술성에는 문제가 되지 않을 수가 없을 것이다.

경극의 극본은 대체로 역사기록이나 야사·전설과 이전의 소설·연극 등을 바탕으로 편극한 것이다. 보기로 역사소설을 소재로 만들어진 경극 작품의 대체적인 수를 치루샨의 「극명일람(劇名一覽)」을 근거로 아래에 적어본다.

『삼국지연의(三國志演義)』 − 90종.　　　『수당연의(隋唐演義)』 − 23종.

『동주열국지(東周列國志)』 − 21종.　　　『수호전(水滸傳)』 − 20종.

『양가장(楊家將)』 − 18종.　　　　　　　『삼협오의(三俠五義)』 − 13종.

『시공안(施公案)』 − 13종.　　　　　　　『정동전전(征東全傳)』 − 12종.

『오대잔당연의(五代殘唐演義)』 − 11종.　『설악전전(說岳全傳)』 − 11종.

『비룡전(飛龍傳)』 − 10종.　　　　　　　『봉신연의(封神演義)』 − 9종.

『동한연의(東漢演義)』 − 9종.　　　　　　『영렬전전(英烈全傳)』 − 9종.

『홍루몽(紅樓夢)』 − 9종.　　　　　　　　『팽공안(彭公案)』 − 8종.

『양한연의(兩漢演義)』 − 7종.　　　　　　『철관도(鐵冠圖)』 − 7종.

『금고기관(今古奇觀)』 − 6종.　　　　　　『서유기(西遊記)』 − 6종.

『정서전전(征西全傳)』 − 6종.　　　　　　『요재지이(聊齋志異)』 − 5종.

　　작품이 4종 이하인 소설도 무척 많으나 여기에서는 더 이상 소개하지 않기로 한다. 다만 『삼국지』 얘기가 경극으로도 특별히 많이 연출되었음이 눈에 들어온다.

　　경극의 제목은 3자, 4자로 된 것이 가장 보편적이다. 보기를 들면「공성계(空城計)」·「황학루(黃鶴樓)」·「무가파(武家坡)」·「호접몽(胡蝶夢)」·「단도회(單刀會)」 따위가 3자이고, 「패왕별희(覇王別姬)」·「귀비취주(貴妃醉酒)」·「타고매조(打鼓罵曹)」·「삼양서주(三讓徐州)」·「목련구모(目連救母)」 등은 4자이다. 그 밖에 2자로 된 것들도 있다. 「서시(西施)」·「낙신(洛神)」·「금도(琴挑)」 같은 것들이다. 또 「제갈량초친(諸葛亮招親)」·「이본맥성승천(二本麥城昇天)」·「삼추격주배원경(三鎚擊走裴元慶)」·「문초뇨부타곤출상(問樵鬧府打

🔺 절자희인 「여기해(女起解)」 공연 사진. 메이란팡이 소삼(蘇三, 왼편), 샤오창화(蕭長華)가 총공도(總公道)로 분장하고 있다.

棍出箱)」처럼 5자로부터 6·7·8자로 이루어진 극 제목도 간혹 있다. 다만 6·7·8자로 이루어진 제목에는 대체로 3자 또는 4자로 된 간편한 제목이 따로 쓰이고 있다.

중국의 전통연극 극본은 명대에 전기가 유행한 뒤로 한 작품의 길이가 대부분 수십 척(齣)에 이르는 장편이다. 원나라 말엽에서 명나라 초기에 걸친 시기에 나온 고명(高明)의 『비파기(琵琶記)』(42척), 시혜(施惠)가 지었다는 『배월정(拜月亭)』(40척)을 비롯하여 모든 전기 작품들이 그러하다. 청대의 경극 작품도 형식은 대체로 전기의 모양을 따르고 있다. 때문에 이러한 장편의 작품은 한 번에 전 작품을 공연하기가 쉽지 않다. 공연 시간도 너무 많이 걸리고 청중도 지루함을 느끼게 된다. 그리고 이들 연극은 노래와 춤을 바탕으로 연출하는 것이기 때문에 연극 얘기의 전달에 있어서는 매우 불편한 방법이다. 더구나 그것들은 유명한 역사적인 고사나 전설을 바탕으로 한 이전의 소설이나 연극을 전기나 경극으로 개편한 것이기 때문에, 청중들은 연극의 얘기 줄거리를 다 알고 있는 경우가 대부분이다. 따라서 관중들의 관심은 출연 배우들이 그 얘기의 중요한 장면들을 창과 춤으로 어떻게 연기를 하는가에 있다. 이 때문에 명대 중엽부터 이미 전 작품을 공연하지 않고 한 작품의 가장 뛰어나고 멋지다고 생각되는 일부분만을 공연하는, 이른바 절자희(折子戱)가 유행하기 시작하여 그 습성은 경극에까지도 이어지고 있다.

보기로 왕금룡(王金龍)이라는 서생과 소삼(蘇三)이라는 기녀의 사랑 얘기가 주제인 『옥당춘(玉堂春)』의 경우를 든다. 과거를 보러 가던 왕금룡은 도중 술집에서 소삼이라는 기녀를 만나 사랑을 하게 된

△ 절자희인 「단교」 공연 장면. 메이란팡이 백낭자(가운데), 위즌페이(俞振飛)가 허선(오른편), 메이바오찌우
가 청아(靑兒, 왼편)로 분장하고 있다.

다. 그러나 왕금룡의 돈이 바닥이 나자 술집의 노파는 두 사랑하는 사람들을 억지로 갈라놓는다. 그러나 두 젊은 사람들은 관왕묘(關王廟)에서 제삿날에 만나기로 약속하고 헤어진다. 두 연인은 약속한 날 관왕묘에서 만나는데, 소삼은 300냥의 돈을 마련해 가지고 와서 왕금룡에게 다시 장안으로 가서 과거를 볼 것을 권한다. 『옥당춘』 중에서 왕금룡과 소삼이 관왕묘에서 약속대로 다시 만난 다음 소삼이 노자를 주어 왕금룡을 과거를 보러 가도록 하는 대목을 경극에서는 흔히 『묘회(廟會)』라는 제목 아래 절자희로 공연한다. 소삼의 기녀로서의 이름이 옥당춘이다. 다시 소삼은 왕금룡이 장안으로 간 뒤에도 남몰래 학비를 보내주며 애인의 출세를 기다린다. 소삼이 기녀 노릇을 하던 곳은 샨시성(山西省) 홍퉁현(洪洞縣)인데, 그곳의 심홍(沈洪)이란 자가 소삼에게 반하여 억지로 기적(妓籍)에서 소삼을 빼낸 다음 첩으로 삼는다. 심홍의 처는 그 고장의 건달인 왕가 놈과 밀통을 하다가 남편이 방해가 되자 남편을 독살하고 소삼을 살인자로 죄를 씌워 고소를 한다. 이에 소삼은 억울한 죄를 뒤집어쓰고 재판을 받으러 태원부(太原府)로 끌려간다. 포박을 당하고 억울하게 잡히어 홍퉁현으로부터 태원부로 끌려가면서 소삼이 억울함을 호소하며 사랑하는 사람을 그리면서 자신의 불행과 사랑을 창하는 대목이 절자희로 『여기해(女起解)』란 제목 아래 지금도 공연되고 있다. 이 『여기해』는 메이란팡 득의의 연극이기도 하다. 뒤이어 소삼은 태원부 순안서(巡按署)에 끌려가 살인죄로 조사를 받는다. 이때 과거에 급제한 소삼의 애인 왕금룡은 순안사(巡按使)로 부임하여 이 살인죄를 조사하게 된다. 왕금룡은 소삼의 억울한 죄를 모두 밝히고 진짜 죄인들을 처벌한

다음 다시 옛 애인을 만난게 된다. 이 『옥당춘』의 끝 대목은 『회심(會審)』이란 제목 아래 절자희로 공연되고 있다. 그 밖에도 1000년 묵은 백사가 둔갑한 백낭자(白娘子)와 허선(許仙)의 사랑 얘기로 유명한 『백사전(白蛇傳)』은 『도영지(盜靈芝)』·『금산사(金山寺)』·『단교(斷橋)』 등의 절자희로 공연되고 있다. 음악과 무용 같은 예술은 오히려 얘기 줄거리는 그다지 중요하게 여기지 아니하는 절자희에서 더욱 그 기능이 잘 발휘될 수 있는 것인지도 모른다.

7

경극 배우와 극단

7. 경극 배우와 극단

옛날 중국에서 배우들의 사회상의 지위는 무척 미천하여 일반 사람들은 별로 상대를 하지 않았을 정도였다. 청나라 첫 번째 순치 연간(1644-1661)에도 왕자가(王紫稼)라는 명배우가 활동하였음을 앞에서 얘기하였다. 그러나 고경성(顧景星)이 「오위(吳偉)의 왕랑곡(王郞曲)을 읽고 생각나는 대로 절구를 지어 감상을 기록함」이라는 시를 짓고 있는데, 그는 12수로 이루어진 이 시의 앞머리에 "왕랑(王郞)은 강남어사(江南御史)에게 장살(杖殺) 당하였다."는 주를 스스로 달고 있다. 왕자가는 15세부터 30세가 넘도록 곤곡의 배우로 남쪽의 수조우 일대로부터 베이징에 이르기까지 크게 명성을 떨쳤다. 그러나 순치 11년(1654) 이전에 베이징에서 활약하다가 고향인 수조우로 돌아와 강남어사이던 이삼선(李森先)에게 잡히어 매를 맞고 죽었다. 왕자가가 어떤 죽을 만한 죄를 졌는지 알려지지 않고 있는 것을 보면 말을 잘 듣지 않았다는 정도의 불경죄가 아닐까 한다. 명배우를 간단히 때려죽일 정도로 배우들의 지위는 무척 천하였다.

🔺 곤곡(昆曲劇團)이 명나라 탕현조(湯顯祖)의 「형차기(荊釵記)」를 공연하는 모습을 그린 그림.

원나라 말엽 하정지(夏庭芝)의 『청루집(靑樓集)』에는 그 시대 배우들에 관한 기록이 모아져 있는데, 여자 배우는 창녀에 가까운 신분이었음을 알게 한다. 청대에 들어와서도 순치 9년(1652)에는 배우들이 과거 시험을 보지 못하도록 하는 금지령을 내렸고, 건륭 35년(1770)에는 배우 출신 집안 사람들은 3대에 걸쳐 과거 시험을 볼 수가 없도록 하는 영을 내렸다. 그러나 청나라는 황제들이 연극을 좋아하고 전국에 연극이 크게 성행하면서 배우들의 지위는 자연스럽게 날로 높아졌다. 사회적인 지위는 낮다 하더라도 연극의 성행으로 말미암아 배우들은 귀족과 대신들을 쉽게 가까이하고 자주 만날 수 있게 되었기 때문이다. 이미 강희(1662-1722) · 옹정(1723-1735) 연간에 와서도 경극은 아직 이루어지지 않았던 시기이지만 배우들의 지위는 이전 시대와 달라졌다. 강희 연간에 쑤조우에서 활약하다가 궁중으로 들어와 공연을 하던 진명지(陳明智)라는 배우가 은퇴할 적에 강희황제는 그에게 칠품(七品)의 관복을 내려주었다 한다.[74] 건륭 연간(1736-1795) 중기에 와서는 경강(京腔)의 명배우로 13절(絶)이라는 13명의 배우 이름이 알려져 있고, 황제 스스로 남쪽 지방을 여러 차례 순행하면서 연극을 즐기고 많은 명배우들을 베이징으로 불러 올렸다. 쓰추안(四川) 출신의 시안시(陝西) 쪽 진강(秦腔)을 본업으로 하던 위장생(魏長生)이란 명배우의 활약이 알려져 있고, 유명한 사대

---

74) 초순(焦循)의 『극설(劇說)』 권 6에 『국장신화(菊莊新話)』를 인용하여, 진명지의 활약상을 자세히 소개하고 있음.

▲ 담흠배(오른쪽)가 왕요경(王瑤卿)(왼쪽)과 공연하는 모습.

휘반(四大徽班)[75] 중의 삼경반(三慶班)에서는 고랑정(高朗亭)이라는
명배우가 활약하였다. 그러니 이 시절에는 이미 배우들이 그다지 천
시되지 않았을 것이다. 그리고 그런 바탕 위에 경극이 형성되기 시작
하는 것이다. 이때에는 매월 초하루와 보름이면 궁정에서 연극을 공
연하였다. 가경 연간(1796-1820)에는 그때의 배우로 있던 복관(福
官)·녹관(祿官)·수관(壽官)·희관(喜官)의 4명이 미모와 연기로 유
명했는데, 특히 그 중에서도 '녹관'이 황제의 총애를 받았다 한다.

　도광(1821-1850)·함풍(1851-1861) 연간에는 경극이 완성되면서
배우들의 지위도 달라진다. 앞에서 얘기했듯이 '삼정갑'이란 칭송을
받던 명배우로 정장경(程長庚)·여삼승(余三勝)·장이규(張二奎)가
이름을 크게 날리며 활약하였고, 함풍 황제는 당시의 명우인 정장경
과 대규관(大奎官)에게 오품(五品)의 관함을 내렸다 하니, 배우의 사
회적 지위는 더 이상 천한 상태가 아니었다. 동치(1862-1874)·광
서(1875-1908) 연간에는 경극이 더욱 발전하였고, 특히 서태후는
경극 광이어서 왕계분(汪桂芬)·유윤선(俞潤先)·후준산(侯俊山)·
담흠배(譚鑫培)·손국선(孫菊仙)·전제운(田際雲)의 6명 배우에게는
사품(四品)의 관함을, 양월루(楊月樓)·유간삼(劉趕三)의 두 배우에
게는 오품의 관함이 내려졌다. 그리고 중화민국의 시대(1911 이후)로
들어와서는 '사대명단'이라 칭송되며 인기를 누린 메이란팡·샹샤
오윈·청옌치우·순혜이셩 등은 지금 연극영화계의 스타 같은 인기

---

75) 휘반(徽班)은 안후이(安徽) 지방으로부터 베이징으로 들어와 활동한 극단을 말한
　　다. 이들이 경극의 형성에 크게 공헌하게 된다.

△ 하오슈춘(郝壽臣)·샹샤오원·메이란팡·마롄량(馬連良)·리완춘(李萬春)·장쥔치우(張君秋) 등
명배우가 베이징에 모여 회의를 하는 모습.

를 누렸고 상당히 존경을 받는 배우들까지도 탄생하였다.

본시 청나라에서는 건륭 연간에 여자들이 무대에 오르는 것을 엄
격히 금하여 앞에서 얘기한 것처럼 여자 역할도 모두 남자 배우들이
맡아서 하였다. 그러나 광서 14, 5년 무렵에 와서는 경극에도 여자
배우들이 등장하기 시작하였다. 톈진(天津)에서 시작되어 상하이에
가장 유행되었고, 우한(武漢)·하얼빈(哈爾濱) 같은 도시에 퍼지다가
마침내는 베이징에서도 여자 배우들의 활동이 시작되었다. 샹하이에
는 여자 배우들만으로 구성된 극단이 생겨 이를 모얼시(髦兒戱)라고

▲ 샹샤오윈 사진

불렀고, 모얼시 공연만을 전문으로하는 극장인 군선다원(羣仙茶園)도 생겨났다. 처음에는 주로 당회(堂會)에서 공연을 하다가 점차 일반 사회로 인기가 확장되어 민국 초기에는 여자 배우들은 특별대우를 받을 정도로 인기가 있었다. 화단(花旦) 전문 배우이던 텐찌윈(田際雲)은 이러한 새로운 기풍을 따라 1916년에 여자 배우를 전문적으로 양성하는 여과반(女科班)인 숭아사(崇雅社)를 설립하여 많은 새로운 인재들을 양성하였다. 여과반에서는 생·단·정·축의 모든 종류의 각색을 양성하는 조직이었으나 대부분이 여자역인 '단'을 전공하였다. '축'을 공부하여 유명한 배우가 된 사람들도 있으나 생·정의 각색은 극히 적었다. 그리고 지금 와서는 '단'의 역할은 의례히 여자 배우가 맡는 것으로 굳어져 가고 있다. 지금 매란방경극단(梅蘭芳京劇團)을 이끌고 있는 메이란팡의 아들 메이바오찌우(梅葆玖)는 '경극 최후의 청의'라 칭송되고 있으나 이제는 연로하여 직접 공연은 하지 못하는 상태인 듯하다. 따라서 남자가 여자 역할을 맞는 경우는 거의 없어져 가고 있는데, 일부에서는 경극의 가장 뛰어난 특징의 한 가지가 사라져가고 있다고 하면서 다시 '단' 역할을 맡을 남자 배우를 양성해야함을 주장하는 이들도 있다.

　배우들은 각자 전문으로 하고 있는 각색이 있어서 그 각색에 따라서 배우의 평가에 차이가 있었다. 여러 각색 중에서도 가장 존중을 받은 것은 올바른 남자 주인공 역할을 주로 담당하는 '노생'이었고, 다음은 여자 주인공 역할인 '청의', 세 번째는 장수 역할을 주로 담당하는 무생(武生), 네 번째는 특수한 주인공 역할을 담당하는 정(淨)이며, 그 밖에 노단(老旦)·소생(小生)·화단(花旦)은 그 밑의 계급이

고 축(丑)을 가장 가벼이
보았다. 배우들의 보수도
대체로 이에 준한다. 그러
나 청말 민국 이후에는 한
동안 청의의 명성이 노생
을 앞질렀다. 특히 메이란
팡을 비롯한 '사대명단'이
활약하던 시기가 그러하였
다.

배우들의 출신지를 보면
수조우를 중심으로 하여
짱수(江蘇)성이 가장 많고
다음으로 안후이(安徽) ·
후베이(湖北) 등의 순서이

▲ 청옌치우 공연사진

다. 일본 학자 아오끼(靑木正兒)의 『지나근세희곡사(支那近世戲曲
史)』제13장의 부록 명청희곡작자지방분포표(明淸戲曲作者地方分布
表)에 의하면 청대의 희곡작자로 찌앙수 사람이 압도적으로 많은 52
명이고 쩌짱(浙江) 사람이 27명이며, 다른 성은 안후이와 샨둥(山東)
이 각각 5명으로 가장 많고 나머지 다른 성은 한 명도 없거나 있어도
4명 이하 한두 사람에 불과하다.

그리고 배우들은 개인의 건강이나 노력 또는 전문으로 하는 각색
에 따라 배우로서의 활동 연한에도 차이가 난다. 어떤 배우는 한때
유명했다가 갑자기 사라져버리는 경우도 있었지만, 노생 역의 담흠

△ 메이바우찌우가 양귀비로 분장하여 공연하는 모습.

▲ 손국선의 조각상

배 같은 배우는 50여 년 동안 무대생활에 종사하면서 6, 70세가 되도록 관중의 환영을 받으며 연기를 계속하였다. 노생 손국선은 80대까지도 인기를 누리면서 무대생활을 하였다. 그들은 건강도 좋았지만 노생은 등장인물이 본시 50·60대의 사람이고 보다 더 나이가 많은 주인공들도 있어서 자연히 배우의 무대 생명이 길었던 것이다. 노생 이외에도 특수한 남자 주인공인 대화검(大花臉)과 어진 주인공인 '청의' 및 할머니 역할인 '노단'은 무대 생명이 길다. 이에 비하여 젊은 여자 역할인 화단(花旦)이나 젊은 남자역할인 소생(小生) 같은 것은 무대생명이 짧을 수밖에 없는 것이다. 이들은 20대 전반의 나이가 한창인 때이다. 또 신체 조건만을 보더라도 문장(文場)을 전문으로 하는 배우는 50·60세가 되어도 무대에 올라 창을 하고 연기를 할 수 있지만 무장(武場)을 전문으로 하는 배우는 땅재주를 넘고 재주를 부려야 함으로 2·30대가 전성기이고 40세가 넘으면 연기를 계속하기 힘들게 된다. 경극 배우는 신체적인 건강도 중요하지만 목소리도 자기 각색에 맞도록 잘 보전하여야만 오랜 무대 생명을 누릴 수 있음은 더 말할 나위도 없다.

경극의 극단을 희반이라 한다. 희반은 옛날부터 있어온 것이지만 청대에 와서는 그 성격이 매우 복잡해졌다. 그 종류만 보더라도 첫째는 황제의 궁전 안의 궁중희반이 있고, 다음에는 황제 집안 귀족들의 왕부(王府)희반, 고관이나 부자 집안의 개인 집의 희반이 있었으며, 끝으로 여러 사람들 앞에 공연을 하여 돈을 벌려고 하는 영업희반이 있었다. 이 중 우리가 가장 관심을 지녀야만 할 것은 일반 사회에 크게 영향을 끼친 영업희반이다.

궁중희반은 궁중에서 황제와 황후의 생일이나 태자와 공주의 혼사 등을 축하하고 설이나 추석 등 명절을 즐기기 위하여 연극을 공연하

△ 담흠배(가장 오른편)가 전계봉(田桂鳳, 가장 왼편) 등 여러 배우들과 경극 「취병산(翠屏山)」을 공연하고 있다.

는 극단이다. 이는 명나라 궁중의 풍습을 따른 것인데 청나라에 들어와서는 그 규모가 대단히 커졌다. 궁중에서만 연출되던 승응대희(承應大戲)는 한 작품이 100 수십여 척(齣)에서 200여 척에 이르는 장편이 10여 종이나 되었다. 따라서 궁중의 극단의 규모도 무척 컸다. 조익(趙翼, 1727-1814)이 열하행궁(熱河行宮)에 가서 대희대에서 연출되고 있는 연극을 구경하고 이렇게 쓰고 있다.

"내부의 희반에는 인원이 가장 많았다. 배우들의 옷과 갑옷 및 여러 가지 장신구는 모두 세상에는 있지 않은 것들이다. 나는 일찍이 열하의 행궁에서 그런 것을 보았다. 황제가 가을 사냥을 하러 열하에 가면 몽고의 여러 왕들도 모두 찾아와 뵈었다. 추석 이틀 전은 황제의 생일이다. 그래서 그달 6일부터 대희를 공연하기 시작하여 15일이 되어야 끝이 난다. 공연되고 있는 연극은 모두 『서유기』와 『봉신전(封神傳)』 등 소설에 나오는 신선과 귀괴(鬼怪)에 관한 것들이었다. ― 희대는 넓이가 9연(筵)이고 삼층이다. 요귀로 분장한 자들이 위로부터 아래로 내려오기도 하고 아래로부터 돌출하기도 한다. 심지어 옆의 두 건물도 사람들이 사는 집으로 꾸민다. 그리고 낙타를 몰고 말을 춤추게 하면서 마당에서도 공연을 한다. 한때 귀신들이 모두 모이면 1000 수백 명이 서로 비슷한 자가 하나도 없었다. 신선이 나오기 전에 먼저 12, 3세의 도동(道童)들이 무리를 지어 등장하고, 이어 15, 6세와 17, 8세의 아이들이 1대(隊) 수십 명씩 키도 똑같고 조금도 차이가 나지 않는 자들이 등장한다. 이 정도 설명하면 나머지도 짐작이 갈 것이다. 또 60갑자(甲子)에 따라 수성(壽星) 60명이 나오고 뒤에는 120명으로 는다. 다시 여덟 명의 신선이 나와 경하를 드리는데 데리고 나오는 도동의 수

▲ 베이징 이화원 덕화원(德和園) 대희대

는 헤아릴 수가 없을 정도이다. 당나라 현장(玄奘) 스님이 뇌음사(雷音寺)에서 불경을 구하는 날에는 석가여래께서 등단하시고 가섭(迦葉) · 나한(羅漢)이 가르침을 받들었다. 위아래 9층으로 나누어져서 수천 명이 줄지어 앉아 있는데 무대에는 여전히 여유가 있었다."[76]

이 글만 보아도 궁중에서의 연극 규모와 '궁중희반'의 조직을 짐작하고도 남음이 있을 것이다. 수천 명이 넘는 인원이 있었다. 이러한 궁중희반이 연출하는 궁중의 연극은 작품마다 특수 제작된 싱토우(行頭, 옷과 장식품)를 썼는데, 「소대소소(昭代簫韶)」라는 대희 한 작품에 쓰인 고귀한 사람들이 입는 관복인 망포(蟒袍) 한 종류만 하더라도 200여 벌이 있었다 한다. 지금도 고궁박물원에는 그 일부가 보존되어 있다고 한다. 이 한 벌의 옷 수로도 궁중희반의 규모가 짐작이 갈 것이다.

왕부희반은 청대에 들어와 더욱 발달하였다. 특히 청나라 조정에서는 명나라 때에 황제의 형제나 아들 등 봉왕(封王)이 많은 말썽을 일으켰던 사실을 감안하여 그들은 정치에 간섭을 못하게 하고 높은 관원들과의 왕래도 금하였다. 그리고 멋대로 즐기며 오락을 추구하도록 버려두어 많은 귀족들이 자기 집에 희대도 마련하고 희반도 거느리면서 경극을 즐겼다. 왕부희반은 자기네 주인 생일 등에는 축수를 하기에 알맞은 연극을 편극하여 공연하기도 하였다. 가경 연간의

---

76) 조익 『첨폭잡기(簷曝雜記)』 권1 대희(大戲) 조목.

▲ 수조우의 충왕부(忠王府) 희대

성친왕(成親王) 집안의 희반이 왕부희반 중에서도 가장 유명한 것이다. 왕부희반의 공연수준은 상당히 높은 경우가 많아서 민국으로 들어와서도 활약한 베이징의 경극 배우들 중에는 정(淨) 역할의 승칭위(勝慶玉)처럼 왕부희반 배우들의 제자의 제자인 사람들이 많다.

개인 집의 희반은 이어(李漁, 1611-1680)의 경우처럼 재력이 있는 연극을 좋아하는 사람들이 개인적으로 조직한 극단이다. 특히 건륭 연간에는 황제가 세 번이나 찾아가 연극을 즐긴 양조우의 돈 많은 소금 장사들이 조직한 희반은 막대한 자금의 후원 아래 경극 발전에 적지 않은 공헌을 하였다.

청나라에 들어와 베이징 지역에는 적지 않은 희반이 생겨나 극장에서 관중들로부터 관람료를 받고 공연을 하였다. 그 중에서도 건륭 연간에 안후이 성으로부터 베이징으로 들어와 공연을 하면서 경극이 이루어지는 데 크게 일조한 이른바 춘대(春臺) · 삼경(三慶) · 사희(四喜) · 화춘(和春)의 '사대휘반'이 가장 유명하다. 그러나 경극이 이루어진 함풍 연간을 전후한 시기에는 노생 역할로 '삼정갑'이라 칭송되던 정장경(程長庚)이 삼경반을 이끌고, 여삼승은 춘대반, 장이규는 화춘반에 들어가 활동하다가 희반에 문제가 생긴 뒤 사희반(四喜班)으로 들어가 활약하여 자연히 이들 세 희반이 가장 이름을 떨쳤다. 함풍 연간에는 장이규가 정(淨) 역할의 유만의(劉萬義)와 함께 쌍규반(雙奎班)을 조직하기도 하였다.

도광 연간의 베이징에서의 희반의 공연 상황을 보면 삼경원(三慶園)에서는 삼경 · 춘대 · 사희 · 화춘의 '사대희반'을 중심으로 하고 서화성(瑞和成) · 서승화(瑞勝和) · 쌍순화(雙順和) · 숭축성(嵩祝

▲ 청나라 말엽의 극장인 광덕루(廣德樓) 입구 사진

▲ 1952년 베이징의 장안대희원(長安大戲園) 입구 사진

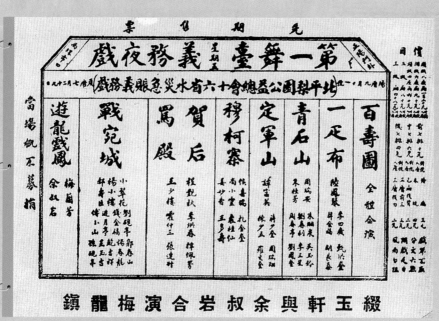

▲ 1921년 9월 1일 제일무대(第一舞臺) 공연광고 쪽지

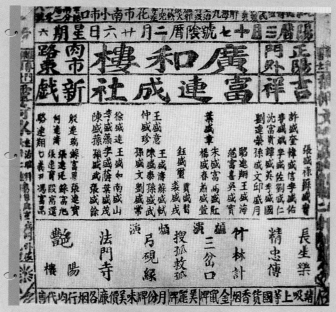

▲ 1928년 3월 17일 광화루(廣和樓) 공연광고 쪽지

成)·영승규(永勝奎) 등의 희반이 중간에 끼어 공연하였다. 동락헌 (同樂軒)에서는 사희·춘대·영승규·쌍순화·숭축성·서화성 등의 희반 이외에 쌍규(雙奎)·길립(吉立)·경순화(慶順和)·소복승(小福 勝)·원순화(源順和)·소승복(小勝福) 등의 희반이 돌려가며 공연을 하였다. 경락원(慶樂園)에서는 삼경·사희·춘대·화춘·서화성· 숭축성·원순화·서승화·쌍규·영승규·소복승 등의 희반과 대경 화(大景和)·만순화(萬順和) 등의 희반이 돌려가며 공연을 하였다. 그 밖의 극장에서도 대체로 앞에 나온 희반들이 계속 번갈아가면서 공연하고 있는데, 전체적으로 공연 도수가 가장 많은 희반은 삼경반 과 사희반·춘대반의 세 희반이다.[77]

이 희반들은 함풍 이후로 경극이 발전함에 따라 광서 연간에 이르 기까지 더욱 늘어났을 것임은 짐작하게 될 것이다. 그리고 이 희반들 은 많은 경우 과반(科班)을 따로 두어 배우와 연극에 필요한 인재를 양성하였다. 배우가 되려는 사람은 8, 9세에 과반에 들어가 숙식을 함께 하며 경극의 갖가지 기본연기를 익히고 다시 따로 스승을 모시 고 기예를 닦아 대략 7년의 수련을 거쳐야만 배우가 되었다. '삼정 갑' 중에서도 정장경은 삼경반을 이끌면서 사잠당(四箴堂)이란 과반 을 운영하여, 담흠배·진덕림(陳德霖) 및 무정(武淨) 전금복(錢金福) 등의 명배우를 배출하였다. 따라서 소영춘(小榮春) 출신의 양소루(楊 小樓)를 비롯하여 과반 출신 배우들이 무척 많이 나왔다. 선통 연간

---

77) 양무건(楊懋建)『도문기략(都門紀略)』의거.

의 과반 중에는 희련성(喜連成)이 가장 많은 학생을 거느렸다 한다.
이 밖에 대가의 집에 기식하면서 개인적으로 연기수업을 받아 배우
가 되는 사람이 있고, 연극계의 일을 하다가 소질이 발견되어 배우로
변신한 사람들도 있었다.

　광서 31년(1905) 상하이에 현대식 극장으로 신무대(新舞臺)가 생
겨나면서, 민국으로 들어와서는 경극의 극장도 새로워지고 극단도
현대화하고 배우의 양성기관도 현대화하였으며 현대적인 경극 연구
기관도 생겨났다.

▲ 경극의 명배우인 샤오창화(蕭長華)가 학생들에게 경극을 가르치고 있는 모습.

중국경극원을 비롯하여 북경경극단 · 상해경극원 · 산동성경극단 등 지역마다 수많은 경극단과 경극 연출 시설이 생기고 주요 지역마다 경극에 관한 인재를 양성하는 학교가 건립되었다. 매란방경극단 (梅蘭芳京劇團) 같은 개인적인 경극단도 상당한 활약을 하고 있다. 중국예술원 산하에는 희곡연구소가 있다.

8

중화인민공화국과 경극

8. 중화인민공화국과 경극

    중화민국이 수립되고도(1012) 경극은 여전히 성행하였지만 특히 5·4운동 시기를 전후하여 자기들의 전통문화와 함께 경극을 비판하는 사람들이 많았다. 보기를 들면 푸스니엔(傅斯年, 1895-1951)은 「희극개량에 대한 여러 가지 견해(戲劇改良各面觀)」라는 글에서 이렇게 말하고 있다.

    "예를 들면 얼굴화장은 인정에도 가깝지 않은 것인데, 어째서 그런 화장을 하는가? 여러 종류의 각색이 어째서 있는가? 어째서 사람이 입지 않는 옷을 입는가? — 어째서 사람 모습이 아닌 화장을 하는가? 재주는 왜 넘는가? — 음악은 —".

    후스(胡適, 1891-1962)도 「문학의 진화 관념과 희극 개량(文學進化觀念與戲劇改良)」에서 이런 말을 하고 있다.

"무대 위에서 땅재주를 넘고 곤봉을 휘두르며, 칼을 들고 춤추고 창을 가지고 장난치며 — 얼굴화장·목소리·걸음걸이·무술·노래·징과 북 — 등을 중국연극의 꽃이라 여기는 사람들이 있다."

심지어 중국의 인민의 작가라고 칭송되는 라오셔(老舍, 1899-1966)는 그의 소설 『조자왈(趙子曰)』(제20)에서 이런 말을 하고 있다.

"이른바 진정한 중국 사람이란, 첫째로 하루 세 주전자의 용정차와 열 접시의 오향(五香) 수박씨를 소화시킬 수 있는 위장이 있어야 하고, 둘째로는 강철로 된 고막을 지녀야만 한다. 이 두 가지가 갖추어진 다음에야 소파에 기대고 앉아서 귀 밑에서 탕탕 두드려대는 쓰치토우(四起頭) 박자와 늑대가 울부짖고 귀신이 소리 지르는 것 같은 쇄납의 찌찌펑(急急風) 곡조를 견디어 낼 수가 있는 것이다. — 그래야만 서양 사람들로 하여금 중국음악의 곡조를 이해하게 할 수 있다. 가장 좋은 방법은 그들을 청운각(靑雲閣) 찻집(경극을 공연하는 곳)에 데려다 놓는 것이다. 만약 그들이 일시의 진동으로 죽지 않고 목숨이 끊어지지 않는다면 그들은 최소한 한 쌍의 강철 고막을 단련시켜 내게 될 것이다. 그들이 강철 고막을 지니게 된 뒤에야 틀림없이 그들은 이 징소리와 북소리가 야만적인 음악이라고 다시는 말하지 않게 되고, 이전의 자기들 고막이 잘못 되었었음을 오히려 한하게 될 것이다."

다음에는 경극이 공연되고 있는 청운각 안의 모습을 이렇게 묘사하고 있다.

"경극이 시작되어 이미 징소리가 울리기 시작했는데 박자에 맞추어 서 탕탕 탕탕 두드려 대니 골통이 진동으로 아파온다. — 처음 공연은 『태사회조(太師回朝)』라는 작품인데, 거기에 등장하는 태사님의 목소 리는 거칠기가 소 울음 같고 크고 깨지는 소리는 돼지 소리 같다. 소가 울부짖고 돼지가 꿀꿀대는 소리 가운데 끼어, 높고 낭랑한 갈채 소리 가 개 짖는 소리처럼 난다. 이들 소와 돼지와 개 소리의 아름다움이 이

▲ 루신(魯迅) 사진

소설의 주인공인 조자왈의 희곡 중독을 자극하여 그는 머리를 흔들면서 한편으로 수박씨를 까먹고 다른 한편으로는 경극의 창사를 흥얼거린다. ─ "

현대문학의 거장인 루신(魯迅, 1881-1936)은 그의 단편소설 「사희(社戲)」(1922년 작품)에서 최근 20년 동안 자기네 전통 연극을 딱 두 번 보러 갔었는데, 악기 연주로 귀가 멍멍해지고 울긋불긋한 색깔이 요란하여 두 번 모두 오래 견디지 못하고 무얼 하는 것인지도 모르는 채 밖으로 도망쳐 나와 버렸다고 쓰고 있다.

그러나 중화인민공화국 시대로 들어와서는 자기네 전통연극을 비판하는 사람들이 모두 사라져 버렸다. 경희도 보다 더 적극적으로 자기네 전통연극으로 받아들이려는 자세로 굳어져 갔다. 앞에 든 라오셔도 새 중국으로 들어와서는 경극을 받아들이는 자세로 바뀌었다.

특히 마오쩌뚱 주석은 중국의 사회주의 혁명에 있어서 농민을 매우 중시했기 때문에 농촌에 전해오는 자기네 전통문화를 처음부터 매우 중시하였다. 문학에 있어서도 이미 중국에 현대문학이 전개되고 있는 시기였으나 자주 자신의 감흥을 전통적인 중국의 옛 시나 사(詞)의 형식으로 읊고 있다. 그는 막스 · 레닌주의도 중국의 특성에 잘 합치시켜야만 한다 하였고, 공산주의에 있어서 국제주의의 내용은 자기네 민족형식으로부터 따로 떼어놓고 생각할 수는 없는 것이라 하였다. 마오쩌뚱 주석은 「중국공산당의 민족 전쟁에 있어서의 지위(中國共産黨在民族戰爭中的地位)」(1938.10.)라는 연설에서 이렇게 말하고 있다.

🔺 메이란팡이 마오쩌둥 주석(왼쪽)을 만나고 있다.
오른쪽은 라오셔(老舍), 중간은 메이란팡, 왼쪽은 극작가 텐한(田漢)임.

"중국의 특성을 떠나서 막스주의를 얘기한다는 것은 오직 추상적이고 속은 텅 빈 막스주의일 따름이다. 그러므로 막스주의를 중국에 있어서 구체화 시켜야 하고 모든 형식 속에 반드시 띄고 있어야 할 중국적인 특성이 있도록 하여야만 한다. 다시 말하면 중국의 특성에 맞추어서 그것은 응용되어야만 한다."

중국의 특성을 중시한다는 것은 중국의 전통을 중시함을 뜻하기도 한다. 따라서 중국 공산당은 초기부터 자기네 전통연극을 중시하였다.

미국 기자 에드가 스노우(Edgar Snow)의 『중국 위의 붉은 별(Red Star Over China)』을 보면 제3장 5. 붉은 극장(Red Theater)에 1936년 만리장정을 막 끝낸 중국 공산당의 시안시 바오안(保安)에서의 연극 활동에 대하여 쓰고 있다. 먼저 낡은 신묘(神廟)에 마련된 무대에서 공연되는 연극 구경을 갔는데, 거기에는 그 고장의 남녀 노동자 농민과 군인들이 가족들과 함께 개울 옆의 초원에 잔뜩 몰려들고 국민당이 그의 목에 25만 불의 현상금까지 건 마오쩌뚱 주석과 린뺘오(林彪) 등 공산당 고위층도 그들 가족과 함께 관중 속에 자연스럽게 끼어서 앉아있다. 공연 내용은 항일투쟁을 주제로 한 연극과 전통 가무가 3시간에 걸쳐 진행된다.

그리고 에드가 스노우는 다음날 이 연극 모임을 이끈 항일인민희극협회 회장과의 인터뷰 기사를 싣고 있다. 인민 희극협회 회장은 1931년 중국 공산당이 찌앙시(江西) 루이찐(瑞金)에 소비에트 공화국을 세웠던 시절에서부터 얘기를 시작하여 지금 바오오안에서도 30개의 극단이 농촌으로 나가 연극을 공연하고 있다고 설명하고 있다.

　　소비에트 지역 최초의 공연단체로는 1931년 말경 팔일극단(八一劇
團)이 설립된 것이다. 이는 1927년 8월 1일 그들의 붉은 군대가 창설
된 것을 기념하기 위하여 붙여진 이름이다. 1932년 이 극단의 단원
이 중심이 되어 공농극사(工農劇社)가 설립되었는데, 이들은 농촌에
자신들의 사회주의 이념을 보급시키는데 큰 역할을 하였다. 1933년
에는 공농극사(工農劇社)의 부속학교로 고리키희극학교(高爾基戲劇

⬥ 명배우 조우신팡(周信芳)이 농촌에 가서 농민들 앞에서 경극을 창하는 모습.

學校)가 세워져 일차로 1,000여 명의 학생을 훈련시켜 60개의 공연단이 만들어졌다. 이 희극학교는 소련의 공산주의 극작가이며 소설가인 막심 고리키(Maxim Gorky)의 이름을 딴 것이다. 1934년 1월 극작가인 취치우뻐(瞿秋白, 1899-1935)는 루이찐으로 가서 고리키 희극학교에서 희극인재를 양성하면서 당의 희극활동에 참여하였다. 1934년 만리장정이 시작된 뒤에도 그는 찌앙시에 남아 공농극사를 세 개의 극단으로 개조하고 이들을 이끌고 농촌에서 희극 운동을 하다가 1935년 국민당 군대에 잡히어 공개 처형당하였다.

마오쩌둥 주석이 이끄는 공산당은 처음부터 군부대와 모든 조직의 단위별로 극단을 조직하여 언제나 사회주의 혁명 추진을 위하여 희극 공작을 하도록 노력하였다.

1938년 7월에 마찌엔링(馬建翎, 1907-1965)을 단장으로 섬감녕변구민중극단(陝甘寧邊區民衆劇團)이 이루어져 활동을 하였다. 이들은 모두 현대 화극은 별로 공연하지 않고 경극을 비롯한 전통적인 민간형식의 연극을 주로 공연하였다. 그것은 일반 인민들에게 화극은 이해하기도 어렵고 낯선 반면 자기네 전통극은 모두가 알기도 쉽고 재미도 있다고 생각하고 있기 때문이었다. 이 시대는 특히 항일전의 시기라서 외국으로부터 들어온 화극을 배척하려는 정서도 크게 작용하였던 것 같다. 1941년에는 팔로군(八路軍)의 경극단체들이 연합하여 연안평극연구원(延安平劇硏究院)을 설립하였다. 이 연구원에서는 경극 공연뿐만이 아니라 경극의 개혁을 위해서도 많은 노력을 기울이었다.

🔺 쨩쩌민(江澤民)이 공연이 끝난 배우들을 만나는 사진.
쨩쩌민(江澤民) 자신이 경극의 창을 무척 잘 하였다 한다.

　　1942년 마오쩌뚱 주석이 옌안(延安)에서 발표한 「문예좌담회석상
에서의 강화(在文藝座談會席上的講話)」를 통하여 사회주의 문예노선
을 분명히 밝힌 뒤로는 민간의 전통연극들이 더욱 본격적으로 성행
하였다. 마오 주석은 희곡뿐만이 아니라 예술은 지식계급이 아니라

인민대중을 위해 복무하는 것이어야 한다는 것이다. 곧 그것들은 인민대중인 노동자·농민·군인 및 도시의 소자산 계급의 관심사에 복무해야 한다는 것이다.

이 마오쩌둥의 이른바 「문예 강화」가 발표된 이후 농민들의 모심기 노래로부터 발전한 민간의 앙가(秧歌)를 이용하여 사회주의 혁명을 백성들에게 알리려는 앙가운동(秧歌運動)[78]이 전개되기도 하였다. 앙가는 본시 여러 명의 농민들이 모여 일을 하면서 부르던 모심기 노래였지만 차차 발전하여 그 가락으로 얘기나 전설 같은 것을 두어 명이 말도 주고받으면서 창하게 되었고, 다시 더 발전하여 두세 명의 연기자가 얘기를 창과 춤으로 연출하는 연극 형식인 앙가극(秧歌劇)으로도 발전하였다. 중국의 민간연예는 거지들의 장타령인 연화락(蓮花落)·도정(道情)을 비롯하여 거의 모두가 그처럼 단순한 노래와 설창과 희극의 세 가지 형식을 모두 겸하는 방식으로 발전하여 왔다. 1943년 설부터 다음 해 상반기에 이르는 1년 반 정도의 기간에 창작 공연된 앙가 작품 수가 300여 편에 이르고 관객은 800만이 넘었다고 하니[79] 앙가극의 성행 정도를 짐작할 수가 있을 것이다. 따라서 민간연예가 본격적으로 중국에서 중요한 예술로 존중되어 마침내는

---

78) 앙가는 본시 모심기 민요로 채차가(採茶歌)·산가(山歌)·어가(漁歌) 등과 같은 것이었다. 그러나 차츰 서너 사람이 함께 역사 얘기나 전설을 공연하기도 하고, 춤·재주부리기·무술 등이 보태어져 앙가극으로도 발전하여 민간의 사화(社火) 공연의 주제가 되기도 하였다. 샨시(山西)·시안시(陝西)·허베이(河北)·샨둥(山東) 등지에 크게 유행하고 있다.

79) 『연안문예총서(延安文藝叢書)』 앙가극권(秧歌劇卷) 전언(前言) 참조.

▲ 머리 흰 여자(白毛女) 공연 장면.

'앙가'의 음악을 바탕으로 만들어진 신편가극 『머리 흰 여자(白毛女)』[80] 같은 작품이 나왔다.

중화인민공화국이 수립된 1949년에는 중화전국희극공작자협회(中華全國戲劇工作者協會)·중국희곡개진위원회주비위원회(中國戲曲改進委員會籌備委員會)가 조직되고 국립희극학원(國立戲劇學院)과 문화부희곡개진국(文化部戲曲改進局)이 설립되었다. 연안평극연구원은 베이징으로 옮겨와 중앙경극연구원(中央京劇硏究院)이 되었다. 1950년에는 북경인민예술극원(北京人民藝術劇院)·개진국희

---

80) 『머리 흰 여자(白毛女)』는 앙가를 바탕으로 옌안 노신예술학원(魯迅藝術學院)의 여러 명이 집단 창작한 신편 가극이다. 1945년 탈고한 뒤 여러 번 수정이 가해짐. 지주 황세인(黃世仁)은 소작인 양백로(楊白勞)를 핍박해 죽이고 그의 딸 희아(喜兒)를 겁탈한 뒤 남에게 팔아넘기려 한다. 희아는 도망쳐 산 속으로 들어가 사는 중 영양실조로 머리가 새하얗게 변하여 농민들은 그를 보고 백발선고(白髮仙姑)라 하였다. 뒤에 팔로군이 그 지역을 해방하고 지주를 타도하여 마침내 희아는 고통으로부터 해방된다는 내용의 작품이다.

곡실험학교(改進局戲曲實驗學校)·중앙희극학원(中央戲劇學院) 등
이 설립되고, 중국희곡개진위원회(中國戲曲改進委員會)·전국희곡
공작자회의(全國戲曲工作者會議) 등이 조직되었다. 그리고 전국극협
에서는 『인민희극』, 희곡개진위에서는 『신희곡』 같은 잡지도 창간하
였다. 중화인민공화국이 수립된 최초 2년간의 굵직한 국가적 희곡관
련 업적만 보아도 이러하니, 중국에서 자기네 전통연극이 얼마나 중
시되었는가 짐작이 갈 것이다.

▷ 베이징의 중국희곡학원 정문 사진.

▲ 조우신팡이 군부대를 위문 공연하는 장면.

1950년 한국전쟁이 일어나자 그들은 중국인민지원군을 보내어 전쟁에 참여하고 이른바 항미원조(抗美援朝) 운동을 전개하였다. 앞에서 경극의 명배우 메이란팡의 활동을 설명할 때 얘기했듯이, 그는 1952년과 1953년 수많은 극단을 데리고 북조선으로 가서 전쟁에 참여한 군인들을 위한 위문공연을 하고 있다. 그 이외에도 조우신팡(周信芳)·마롄량(馬連良) 등 명배우를 비롯하여 당시에 활약하던 거의 모든 배우들이 이 위문공연에 참여하였다. 그들은 분명히 경극은 전쟁을 하는 군인들에게 큰 힘을 보태어 준다고 믿고 있는 것이다.

▲ 1953년 메이란팡이 부조위문단을 거느리고 조선에 와서 개성(開城)에서 중국인민지원군 위문 공연을 하는 모습.

　유명한 문화대혁명도 경극과 함께 추진되었다. 문화대혁명은 1965 년 11월 우한(吳晗)의 신편 역사극인 『해서파관(海瑞罷官)』에 대한 야오원유안(姚文元)의 비판에서 불이 붙기 시작한다. 그리고 곧 문화 대혁명은 이른바 양판희(樣板戲)를 중심으로 하여 추진된다. '양판' 이란 전범·모범·본보기의 뜻이며, '양판희'란 사회주의 혁명을 추 진함에 있어서 모범이 되는 연극이란 뜻이다. 1966년 2월에는 찌앙 칭(江靑)이 상하이에서 부대문예공작좌담회(部隊文藝工作座談會)를

▲「홍등기」공연 장면

열고 혁명적인 작품을 몇 개 열거하면서 양판희의 문제를 제기하였
다. 1966년 11월에는 수도문예무산계급문화혁명대회(首都文藝無産
階級文化革命大會)에서 이 모임을 개최한 중앙문화혁명영도소조(中
央文化革命領導小組) 조장인 캉셩(康生)이 경극『지취위호산(智取威
虎山)』·『홍등기(紅燈記)』·『해항(海港)』·『사가빈(沙家浜)』·『기습
백호단(奇襲白虎團)』및 발레극인『머리 흰 여자(白毛女)』·『홍색낭
자군(紅色娘子軍)』과 교향곡『사가빈』8편을 '혁명양판희'라 선포하
였다. 찌앙칭 일파는 문화혁명 기간 주로 양판희 만을 강요하여 "8억
인민에 8편의 연극뿐"이라는 말이 나왔을 정도이다. 이로부터 해마

다 나라의 기념일이나 명절에는 양판희 공연이 관례적인 것이 되었고, 무대에서 뿐만이 아니라 양판희는 영화로 TV프로로 음반으로 출판물로도 제작되어 널리 전 중국에 알려지게 되었다. "양판희의 창을 익혀 앞다투어 혁명투사가 되자."라는 구호도 나왔다.

양판희는 앞에 든 8편으로 확정되었던 것은 아니다. 양판희의 공연

▲「두견산」 공연 장면

이 강요되면서 지방의 극단들은 양판극단을 찾아가 연출기법을 배워서 그대로 돌아와 공연하거나 그것을 자기네 지방희 극종으로 개작하여 공연하였다. 이에 비슷한 많은 작품이 나오고 새로운 혁명극의 공연이 시도되기도 하였다. 1974년 12월에 출판된 『혁명양판희극본회편(革命樣板戲劇本滙編)』 제1집에는 앞에 든 5편의 경극과 1편의 발레극 이외에 다시 경극 『용강두(龍江頭)』·『홍색낭자군(紅色娘子軍)』·『평원작전(平原作戰)』·『두견산(杜鵑山)』의 4편을 보태어 10편을 발표하고 있다.

▲ 「홍색낭자군」 공연 사진

　1938년 찌앙칭이 마오쩌뚱 주석과 결혼할 적에 중공 중앙정치국에
서는 찌앙칭에게 정치에 간여하지 않는다는 조건을 내걸었다 한다.
그런 상황에서 퍼스트레이디가 된 그녀는 연극배우 출신이기 때문에
자연스럽게 경극을 내세워 양판희의 추진자로써 문화대혁명을 밀고
나갔던 것이다. 찌앙칭은 양판희를 이용하여 사회주의 혁명의 걸림
돌이 된다 하여 주자파(走資派)를 몰아내고 마오쩌뚱의 지위를 위협
하는 사람들을 비판하여 제거하였던 것이다. 연극에 경극을 중심으

로 하는 양판희가 있을 수가 있고, 또 그 양판희를 바탕으로 문화대
혁명을 밀고 나갈 수가 있었던 것도 중국적인 특징의 하나이다.

　문화 대혁명이 끝난 뒤 1970년대 이후로도 중국에서는 전통희곡이
전국적으로 매우 활발히 공연되었다. 그리고 1980년대로 들어오면
서 전통극의 위세는 더 세어졌다. 1982년에 발간된『중국희극년감』
중국희극출판사에 의하면 1981년에 활약한 직업 극단이 모두 156개
(이중 화극단 49, 가극단 13, 전통극단 84개)인데 이들 모두가 전통
희곡의 공연에 참여하고 있다. 이들이 공연한 작품 수는 모두 1326편
(가극 30편, 화극 190편, 전통극 1206편)이다. 이 1206편의 작품 중
순수 전통극이 660편, 신편 역사극 424편, 신편 전통극 122편이다.

　80년대에 들어와서는 자기들이 밀고 가는 정책 방향에 맞도록 전
통연극으로 인민들을 미리 교육하려는 자세가 적극적으로 바뀌어졌
다. 경극과 곤극의 두 종류『당태종(唐太宗)』이라는 연극이 나와 공
연되었고, 1985년에는 마오펑(毛鵬)이 지은 경극『강희제출정(康熙
帝出征)』, 조우창푸(周長賦)의 경극『추풍사(秋風辭)』가 나왔고,
1962년 본시는 화극으로 발표된 꿔머러(郭沫若, 1892-1978)의『무
칙천(武則天)』도 다시 경극으로 개편되어 공연되었다. 모두 경극으
로 '대국굴기'의 자기네 역사배경을 나라 백성들 머리에 미리 넣어
주고 있는 것이다. 당태종과 청나라 강희황제 및『추풍사』의 한무제
(漢武帝)를 모두 위대한 제국의 불후의 대 제왕으로 크게 높이고 있
고, 무칙천은 자기의 혈육까지도 무수히 죽인 잔인하고 음탕한 여자
가 아니라 이지적이고 판단력이 올바른 위대한 인물로 재구성하여
당제국의 영광을 뒷받침하고 있는 것이다.

　　그러나 이 무렵부터 젊은 층을 중심으로 하여 전통희곡을 외면하는 경향도 두드러지기 시작하였다. 이러한 현상은 농촌보다 도시에서 더 두드러졌고, 지역에 따라 차이가 많았다. 곧 푸찌엔·샨시·시안시 같은 지역은 그러한 현상이 미약하였다. 그러나 전반적으로는 많은 사람들이 전통연극의 음악이나 화장·연기 등의 비현대적인 성격에 불만을 표시하게 되었다. 텔레비전과 영화의 영향 및 문화대혁명이 안겨준 상처 등이 전통희곡을 외면하게 한 이유라고 주장하는 사람들도 있다.

　　그럼에도 불구하고 지금은 대국굴기 의식과 함께 자기네 전통문화를 재평가하려는 마당이라 경극은 중남해에서 시작하여 가난한 인민들에 이르기까지 아직도 유행이 대단하다. 중국에서는 경극을 통하여 온 백성들이 즐기고 화합하는 한편 사회주의 혁명 이념을 쉽사리 터득하는 방향으로 이끌려 하고 있다. 2001년 유네스코에서 중국 사람들이 가장 오래된 자기네 전통연극이라고 내세우는 '곤곡'을 '인류의 구술(口述) 및 비물질 문화유산의 대표작'으로 지정하자 중국에서는 '곤곡' 뿐만이 아니라 자기네 전통연극을 세계화 하겠다고 더욱 기세를 올리고 있다.

　　얼마 전(2008. 2. 27.) 아침 뉴스에 의하면 중국에서는 모든 소학교에서 경극의 창을 가르치기로 하였다 한다. 경극 교육을 중학교까지 확대할 예정인데, 교사가 부족하여 큰 고민이라 한다. 그리고 남쪽 지방은 경극에 익숙하지 못하여 호응이 약한 것이 큰 문제라 한다. 어떻든 중국은 당국에서도 경극을 적극적으로 밀고 나갈 작정임이 분명하다. 소학교 중학교에서부터 경극 교육을 시키려는 것은 어릴 때

부터 경극을 가까이 하도
록 하여 일반적으로 젊은
세대가 경극을 이질적인
것으로 보는 태도를 바로
잡아 주려는 것이라고 여
겨진다.

다만 경극에 대한 긍정
론자들도 배우의 화장과
복장 장식 및 음악과 연출
방식 및 여러 가지 정식(程
式)이 현대에 어울리지 못
하는 요소가 적지 않음을
시인하지 않을 수 없다. 그
리고 새로이 적지 않은 작
가들이 현실을 반영하는
작품을 썼으나 모두 잡극

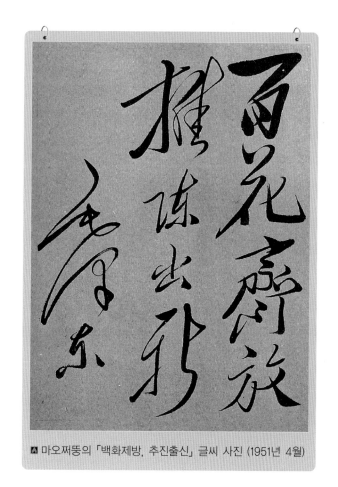

▲ 마오쩌뚱의 「백화제방, 추진출신」 글씨 사진 (1951년 4월)

이나 전기 형식의 실제로는 공연할 수가 없는 것이었다.[81] 따라서 이
미 1919년 5·4 운동 시기부터 상하이를 중심으로 하여 경극과 여러
지방희를 현대화하려는 움직임이 연극계에 실제로 크게 일었다. 그
리하여 경극의 개혁 노력이 온갖 방법으로 여러 면에서 시도되었고

---

81) 아잉(阿英) 『만청희곡소설목(晩淸戲曲小說目)』 참조.

적지 않은 성공도 거두기는 하였다. 1950년 조직된 희곡개진위원회의 자문과 1951년 마오쩌둥이 제시한 "모든 꽃을 한꺼번에 피게 하고, 낡은 것은 밀어내고 새 것을 드러내자"[82)는 방침에 따라 문화혁명 직전까지 희곡개혁운동은 활발히 전개되었다. 1952년 10월에서 11월 개최된 제1차 전국희곡경연대회(全國戲曲觀摩演出大會)에 공연된 쉬진(徐進) 등이 각색한 월극(越劇)『양산백과 축영대(梁山伯與祝英臺)』및 텐한(田漢)이 각색한 『백사전(白蛇傳)』과 50년대 초기 여러 해를 두고 츤쓰(陳思) 등이 개작한 곤곡『십오관(十五貫)』등은 높은 개혁성과를 인정받았으나 문제는 아직도 태산이다. 이 희극개혁운동은 지금까지도 이어지고 있으나 아직도 뚜렷한 성과나 나아갈 새 길을 찾지는 못하고 있다.

---

82) 백화제방, 추진출신(百花齊放, 推陳出新).

9

경극과 중국·중국인,
그리고 우리가 반성해야 할 일

9. 경극과 중국 · 중국인, 그리고 우리가 반성 해야 할 일

청나라 때 경극이 이루어진 이래로 중국 사람들은 위의 계층으로 부터 낮은 계층에 이르는 모든 사람들이 경극을 좋아하고 있다. 경극 이외에도 각 지방마다 전국에 모두 300종에 가까운 연극들이 공연 되고 있으니 중국은 연극의 나라라 부를 만하다. 나라가 어지러울 때 나 나라가 망해갈 적에도 중국 사람들은 경극 구경만은 버리지 못하 였다.

중화인민공화국으로 들어와서도 경극을 좋아하는 경향은 별로 변 하지 않고 있다. 다만 크게 달라진 것은 이전 중국 사람들은 '미친 듯이' 경극을 좋아하였지만 지금의 중국 사람들은 뚜렷한 목적을 가 지고 경극에 대한 이해와 의식을 가지고 경극을 좋아하고 있다는 것 이다. 지금의 중국에서는 경극은 농민 노동자를 비롯한 온 중국 사람 들이 좋아하는 자기네 전통 연예라는 전제 아래, 이를 통하여 백성들 을 즐겁게 해주고 모두가 화합하도록 하여 그들을 사회주의 혁명의

⬛ 타이베이 국가희극원(國家戱劇院) 앞에 중국에서 온 경극단의 공연을 보기 위하여 사람들이 몰려와 입장하는 모습.

방향으로 이끌려는 것이다. 이전 사람들은 경극에 미쳐 그것을 즐기기만 하였으나 지금은 경극을 통하여 자기들의 전통문화를 살려내면서 그것을 통하여 위안을 받고 격려를 받으며 힘까지 얻으려는 것이다. 1931년 쟝시(江西) 루이찐(瑞金)에 험난한 여건 속에 소비에트 지역을 만들 적에도 고리키(高爾基)희극학교를 만들어 1차로 1,000여 명의 학생을 교육하여 60개의 극단을 만들어 그들을 농촌 여러 지역으로 파견하여 공연을 하고 있다. 1936년 만리장정을 끝내고 시안시(陝西) 빠오안(保安)에 머물 때에도 30개의 공연단이 각지를 순회하면서 활약하고 있다 하였다. 그 밖에 모든 군부대는 모두 자신들의 극단을 갖고 있다. 6·25 때도 메이란팡·조우신팡 같은 경극의 명

▲ 타이완 이란(宜蘭)에서 비오는 날 우비를 입거나 우산을 쓰고 밤에 타이완의 지방희 공연을 구경하는 모습.

배우들이 모두 두세 번씩이나 엄청난 인원의 극단을 이끌고 북조선
으로 와서 미군과 싸우는 중국지원군을 위문하는 공연을 하였다. 그
들은 이들 부조위문단(赴朝慰問團)의 활약을 소개하면서 그들에 힘
입어 중국지원군은 잘 싸웠다고 말하고 있다.

　중국의 인민들도 같은 반응을 보여주고 있다. 1960년 9월 9일자
『인민일보』를 보면 농민들로 이루어진 아마추어 극단 수가 244,000

개를 넘고, 노동자 극단 수도 39,000개여서 합치면 전국의 아마추어 극단 수가 283,000개에 이른다. 같은 기사에 밝힌 직업 극단 수는 3,513개다. 이 통계를 근거로 아마추어 극단에 참여한 인원을 개략적으로 셈해 보면 농민은 700만 명, 노동자는 100만 명, 모두 합치면 800만 명에 이른다. 이 밖에도 군부대와 교육기관 등에는 엄청나게 많은 아마추어 극단들이 있다. 가히 연극의 나라라고 할 수 있지 않겠는가?

이를 보면 중국 사람들에게 경극은 지금 와서는 단순히 즐거움과 위안을 주는 연예일 뿐만이 아니라 그들 민족 기력의 원천 같기도 한 것이다. 중국 당국에서는 농민과 노동자들까지도 모두가 좋아하는 경극을 통하여 백성들을 즐겁게 해주고 화합하도록 하여 그들이 바라는 사회주의 혁명의 방향으로 함께 나아가려고 하는 것이다. 곧 중남해로부터 오지의 농민들에 이르기까지 모두가 경극을 통하여 같은 마음을 지니고 큰 목표를 달성할 수 있는 동력을 얻으려는 것이다.

이 경극은 만주족의 금나라와 몽고족의 원나라가 중국을 전복하고 지배하기 시작하면서 발전시킨 대희 계열의 연극이라서 우리와는 그 음악이며 미술·무용 감각이 전혀 맞지 않는다. 따라서 한국 사람들은 경극에 공감하기가 쉽지 않다. 중국 문화권 속에서 그 문화를 발전시켜 온 우리나라인데도 우리는 이 경극에 별로 공감을 하지 못한다. 중국의 유명한 난찡의 강소곤극단(江蘇崑劇團)과 베이징의 매란방경극단(梅蘭芳京劇團)이 와서 예술의 전당에서 공연한 일이 있지만 초청된 사람들도 모두 와서 자리를 채워주지 못하는 정도의 관람 반응이었다.

秦香蓮 「判官包青天」

陳世美別家進京赴科，中狀元，並招爲駙馬，其原配髮妻秦香蓮葬埋公婆後携子女京城尋夫，陳非但不認，反遣家將韓琪追而殺之。韓琪始末，不忍助虐，竟而自刎。秦在相國王延齡支持下，至開封向包拯訴冤。包拯計邀陳世美至衙，良言規勸。陳自恃身爲國戚，不納忠告反要横蠻。包拯秉公執法，怒欲鍘之，雖有國太、皇姑糾纏，亦未縱容，終將陳正法。

▲ 메이란팡 경극단이 내한하여 경극 「진향련(秦香蓮)」을 공연했을 적의 팜플렛 셋째 장.

단원 프로필

중국 강소성곤극단

이번에 내한하는 강소성곤극단은 1956년에 창단된 강소성 소곤극단(蘇崑劇團)을 모체로 하여 1971년 11월에 성립되었다.

현존하는 곤극단 가운데 가장 정통성을 지니는 단체로 160명 이상의 단원과 임원들이 소속되어 있으며 몇 안되는 영향력 있는 곤극단 중의 하나이다. 이 극단은 크게 선대의 곤극예술가들을 계승하여 50년대에 활동을 시작한 배우들과 60년대에 강소성희곡학교를 졸업한 이들 및 80년대에 곤극을 배운 사람들로 구성되어 있다. 그 중 장지칭(張繼靑), 린지판(林繼凡) 등 1950년대부터 활동을 시작한 지(繼)자 항렬의 배우들은 이제 고도로 성숙한 연기를 펼치며 활약하고 있다. 그 다음이 60년대에 강소성 희곡학교를 졸업한 쓰샤오매이(石小梅), 후진팡(胡錦芳), 황샤오우(黃小午) 들로 지(繼)자 항렬과 함께 현재 극단의 주축을 이루고 있다. 다음이 80년대에 곤극을 배운 젊은 세대로 커쥔(柯軍)이 대표적이다.

● **장지칭 (張繼靑 / ZHANG JIQING, 女, 1938-)**

작금 곤극계를 대표하는 명배우. 제 1회 '매화장'(梅花獎, 중국 제1의 연극상)수상자. 강소성곤극단의 주연배우이자 명예감독. 그녀는 어떤 인물이든 그 내면의 심리를 뛰어나게 표현해내는 경이적인 연기를 보여준다.

● **쓰샤오매이 (石小梅 / SHI XIAOMEI, 女, 1949-)**

제 5회 매화장(梅花獎)수상자이며 1967년 강소성희곡학교를 졸업. 그녀는 소리가 맑고 궁병이 좋으며 동작은 힘과 부드러움이 어우러져 있어 때로는 감정적인, 때로는 절제된 연기를 잘 구사한다.

● **린지판 (林繼凡 / LIN JIFAN, 男, 1946-)**

제 8회 매화장(梅花獎)수상자이며 1960년부터 선배 곤극대가들로부터 샤오미엔(小面, 골계 역할)과 쵸우(丑)를 전공하였다. 그는 곤극에 대하여 해박한 지식을 갖고 있으며 그의 연기는 표현력이 강하고 흥미롭다.

● **후진팡 (胡錦芳 / HU JINFANG, 女, 1949-)**

제 8회 매화장과 제 1회 문화장 수상자. 강소성곤극단의 주연여배우로 정단(正旦)역을 맡는다. 1967년 강소성희곡학교를 졸업하고 단(旦)역을 전공하였다. 그녀는 창과 대사에 있어 모두 잘 절제된 면을 보이며 동작도 과장되거나 모자람이 없으면서 창조적인 연기를 보여준다.

🔺 난찡의 강소곤극단 내한 공연 때 팜플렛의 배우 소개 부분.

등장인물 거의 모두가 시대의 분별이나 신분의 차이도 없이 덮어놓고 화려한 수놓은 비단 옷을 입고 머리와 몸의 장식 등은 화려하고도 요란하기만 하게 꾸민 듯하다. 그리고 그들의 움직임도 이해하기 쉽지 않은 동작이다. 짙은 얼굴 화장은 이 세상 사람 같지 않은 느낌을 받을 정도로 색깔이 진하고 모양도 이상하게 느껴진다. 음악은 한 마디로 말하면 무척 시끄럽기만 하게 들린다. 특히 싸움을 하는 무장(武場)에 두드려대는 징과 북을 비롯한 타악기 소리는 고막이 찢어질 것 같다. 부드러운 장면인 문장(文場)에 배우의 창을 주로 반주하는 이호(二胡)를 비롯한 현악기 소리며 쇄납을 앞세우는 관악기 소리도 가락이 이상하게 들린다. 그러나 앞에서 설명한 바와 같이 여러 가지 요란한 옷이나 치장은 물론 배우들의 손발의 움직임 하나하나에 모두 일정한 뜻이 담겨있다 배우 얼굴 화장의 짙은 색깔과 무늬에도 모두 제각기 다른 뜻이 있고, 모든 배우의 창이나 악기 소리에도 모두 제 나름의 뜻이 담기어 있다. 이러한 여러 가지 복잡한 규칙을 알아야 경극은 감상할 수가 있게 된다.

이 작은 책이 이러한 문제들을 해결하는 데에 조금이나마 도움이 되었기를 간절히 바란다. 우리는 바로 가까운 이웃 나라 사람으로서 이 경극을 두고 다음과 같은 몇 가지 사항을 반성해 보아야 할 것으로 믿는다.

■첫째 ; 우리는 문화면에 있어서 가까운 곳은 거들떠보지도 않고 먼 곳만을 바라보며 배우려는 경향이 있다. 가극이나 뮤지컬을 좋아하면서도 중국의 경극이나 일본의 가부키(歌舞伎) 등에는 관심이 없

다. 이들 이웃은 문화상으로도 가장 가까운 관계였기 때문에 우리는
이웃 것부터 먼저 제대로 알아야 우리의 것도 제대로 찾을 수가 있
을 것이다. 그리고 문화적인 공감대를 이루어야만 이웃나라와의 관
계에서도 뜻과 정이 서로 통하는 좋은 이웃이 될 것이다.

■둘째 ; 중국은 과거의 정복자들인 만주족과 몽고족도 지금은 화
합하여 함께 거대한 중화민족을 이루고 있다. 따라서 옛날의 '오랑
캐'나 문화적으로 낮은 이민족들의 모든 것이 중화민족의 것이 되
어있는 것이다. 따라서 경극은 만주족의 지배 아래 이루어져 발전한
연극이라 하더라도 지금 와서는 그들에게 엄연한 중국의 대표적인
전통 연극인 것이다. 우리는 경극에서 느끼게 되는 음악·미술·무
용 등등 모든 면의 이질감을 극복하고 경극을 이해하도록 노력하지
않으면 안 된다. 경극을 이질적인 것으로 여기고 있는 한 중국과의
관계는 원만해지기 어려울 것이다.

■셋째 ; 경극은 문화정도가 낮은 유목민족에게서 나온 저질성만을
갖고 있는 것은 아니다. 이 세상에 경극처럼 10여 억의 막대한 인
구가 이루는 사회의 상류층으로부터 하류층에 이르는 대부분의 사
람들이 함께 좋아하는 연예는 달리 없을 것이다. 예술의 대중성 면
에서는 다른 어떤 종류의 것보다도 위대하다. 우리도 우리 사회의
온 계층이 즐기는 우리의 예술을 한 종류 정도는 갖도록 노력하였으
면 좋겠다.

■넷째 ; 중국의 민간에는 가난한 농촌도 어디를 가나 신묘(神廟)가
있고 그 신묘에서 열리는 묘회(廟會)를 통하여 전국 어디에나 그들
의 전통연예가 여러 가지 계속 지금까지도 전수되고 있다. 일본은
신사(神社)가 있어 '마쓰리(祭)'를 통하여 그들의 전통연예가 잘 전
수되고 있다. 우리는 그처럼 민간에 우리의 것을 전수할 통로가 없
어 우리의 것이 제대로 전하여지지 않고 있다. 우리도 우리의 것을

찾아 앞으로 우리의 것을 계승 발전시킬 방편을 찾도록 노력하여야
만 할 것이다.

우리는 앞으로 경극뿐만이 아니라 이웃나라의 다른 여러 가지 문
화에 대하여도 보다 큰 관심을 기울여야 할 것으로 믿는다.

版明圖
權文書
所堂出
有印版

[경극(京劇)이란 어떤 연극인가?]

초판 인쇄 : 2009年 1月 10日
초판 발행 : 2009年 1月 15日
저   자 : 김학주
발행자 : 김동구
발행처 : 명문당(1923. 10. 1 창립)
서울시 종로구 안국동 17~8
우체국 010579-01-000682
 Tel (영)733-3039, 734-4798
     (편)733-4748 Fax 734-9209
Homepage : www.myungmundang.net
E-mail : mmdbook1@kornet.net
등록 1977. 11. 19. 제1~148호
 • 낙장 및 파본은 교환해 드립니다.
 • 불허복제
값 20,000원
ISBN 978-89-7270-908-4 93820